권인호 신무협 장편소설 ORIENTAL FANTASYSTORY & ADVENTURE

천하제일 쟁자수

12

dream
books
드림북스

천하제일 쟁자수 12 (완결)

초판 1쇄 인쇄 2017년 2월 16일
초판 1쇄 발행 2017년 2월 27일

지은이 권인호
발행인 오영배
책임편집 편집부

펴낸곳 (주)삼양출판사 · 드림북스
주소 서울시 강북구 도봉로 173
대표 전화 02-980-2112 **팩스** 02-983-0660
편집부 전화 02-980-2116 **팩스** 02-983-8201
출판등록 1999년 3월 11일 제9-00046호

ISBN 979-11-283-9026-5 (04810) / 979-11-313-0246-0 (세트)

천하제일 쟁자수

권인호 신무협 장편소설 ORIENTAL FANTASYSTORY & ADVENTURE

12

dream books
드림북스

목차

第一章

이건 또 뭔데?

"설마 이 역사적인 순간에 저희만 쏙 빼놓고 가실 생각이십니까?"

무림인들은 떠났다.

혼천마교가 눈치채지 못하게 은밀히 움직여야 하는 만큼, 각 문파별로 개별적으로 이동해서 일차 집결지인 봉태(鳳台)에서 합류하기로 한 것이다.

그렇게 무림인들이 떠나고 루하도 마지막 결전을 위한 채비를 하고 있을 때였다. 표사들이 그를 찾아왔다.

섭섭하다는 표정으로 그를 보는 표사들의 시선에 루하가 눈살을 찌푸렸다.

"그래서 전쟁에 동참이라도 하시겠다구요?"

"당연한 거 아닙니까? 국주님께서 가시는데 어찌 저희가 빠지겠습니까?"

"거 말이야 고맙습니다만, 이건 여러분들이 낄 만한 자리가 아니에요. 표사로서의 본분들을 너무 망각하시는 거 아닙니까?"

"표사는 뭐 무림인 아니랍니까? 표사도 무림 밥 먹는 건 매한가진데. 게다가 쟁천표국의 표사는 이미 느긋하게 표사질만 할 수 있는 자리가 아니지 않습니까?"

하긴, 쟁천표국은 단순한 표국이 아니었다. 무림을 영도하는, 구대문파조차 오른 적이 없는 지고한 위치에 있었다. 그러니 그 표사들의 책무 또한 막중할 수밖에 없다.

"아무리 그래도…… 혼천마교는 강해요. 하나하나가 정예 고수들이란 말이죠. 감당할 수 있겠습니까?"

"이르다 뿐입니까! 강시도 때려잡아 온 우리가 감당하지 못할 게 뭐가 있겠습니까?"

"자칫하면 몰살을 당할 수도 있는데두요?"

아닌 게 아니라, 그가 벽우의 힘을 완벽히 통제하지 못하면 어느 누구의 안전도 장담할 수 없다.

"저희에겐 그래도 국주님이 만들어 주신 이 갑옷이 있지 않습니까?"

표사 이한기가 입고 있는 갑옷을 탕탕 친다.

세상에서 가장 단단한 재질로 만들어진 것이니 죽기야 하겠냐는 표정이다.

하나같이 호기가 넘친다. 그 바람에 루하의 가슴도 다시금 뜨거워지지만, 그렇다고 선뜻 그들의 뜻을 받아들일 수는 없다.

그들과는 정말이지 숱한 생사의 고비를 같이 넘겼다. 팔공산에서 첫 인연을 맺은 그날 잔혹도마와 군림채를 같이 상대해야 했고, 표국을 세우자마자 있었던 첫 표행에서는 강시를 만났다. 감숙성에선 폭주 강시가, 북해에선 재생 강시가 습격을 하기도 했다. 전멸을 당해도 이상할 것이 없는 그 위험천만함 속에서 이렇게 다들 무사했다는 것은 그야말로 기적과도 같은 일이 아닐 수가 없다.

그러하기에 더욱더 잃고 싶지 않다. 숱한 생사의 고비를 어렵게 어렵게 넘겨온 만큼, 이런 전쟁의 소용돌이 속에서 허무하게 잃어버리기에는 너무도 아까운 사람들이다.

그러나 표사들의 의지는 굳건했다.

그가 따라오지 말란다고 그 명을 순순히 들을 눈빛들이 아니다. 애초에 상명하복 따위 개나 줘 버리고 시작한 관계가 아니던가.

"좋아요."

결국 루하가 고개를 끄덕였다. 조금은 고마운 표정으로. 그리고 또 조금은 뭉클한 눈빛으로.

"단, 하나 명심할 것이 있습니다."

"……?"

"내 명령 없이는 절대로 앞으로 나서지 말 것. 어떠한 경우라도 스스로의 안전을 최우선으로 할 것. 열 명의 적을 죽이는 것보다 자기 손톱 하나, 발톱 하나를 더 중하게 여길 것!"

어울리지 않게도 진지하고 엄숙하다. 그 어울리지 않음이 이번엔 표사들의 눈에 뭉클함을 만들어 낸다.

"뭘 또 그리 당연한 말씀을 하시는지……. 염려 붙들어 매십시오. 제 눈앞에서 국주님이 그 괴물의 손에 사지가 찢겨 나간다고 해도 내 손톱, 발톱의 안전부터 챙길 테니까."

"……."

"왜 갑자기 그런 서운해하는 얼굴이십니까? 설마 그럼 저희가 국주님을 위해 목숨이라도 바칠 줄 아셨습니까? 우리 그런 간지러운 사이 아니지 않습니까?"

"……."

"혹시 국주님은 국주님 자신을 너무 과대평가하고 계셨던 거 아닙니까? 표사들의 존경과 신망을 한 몸에 받는, 그래서 표사들이 국주님을 위해서라면 목숨조차 초개와 같이 버릴 수 있을 거라는 뭐 그런 망상을 하시고 계셨다면……
아주 착각도 유분수라고 말씀드리고 싶군요.”

“어허, 이보게나들. 아무렴 국주님이 그렇게까지 주제
파악을 못 하고 계시겠는가? 아니 그렇습니까, 국주님?”

농담인 줄 안다. 아는데도 듣고 있자니 조금 전 뭉클했던
감정은 사라지고 스멀스멀 짜증이 피어오른다.

“방금 한 말들 다 취소하겠습니다. 여러분들은 선봉입니
다. 대쟁천표국의 표사들이 뒤에서 뒷짐이나 지고 있다는
건 말이 안 되는 거죠. 암요! 앞에 서세요. 목숨도 아끼지
마세요. 목숨 바쳐 공을 세우세요. 팔다리를 내어주더라도
적의 손가락 하나 더 분지르세요. 우리 표국이 먼저 살신성
인하고 솔선수범하지 않고는 이 험난한 전쟁을 어떻게 이
기겠습니까? 안 그래요?”

루하의 말투는 아까보다도 더 진지했다. 하지만 누구 하
나 진지하게 받아들이는 이가 없다. 여기저기서 낄낄대는
가 하면, 실없는 농담이나 던져 오기 일쑤다.

역시 으름장이 통할 인간들이 아니다. 그러기에는 평생
을 너무 험하게 굴러먹은 사내들이다.

이래서 연륜과 경륜은 무시 못 한다는 건가 보다. 아무리
고강한 무공을 지니고 있어도, 무림인들에게 황제 대접을
받고 있다고 해도 그들의 눈에 루하는 여전히 나이 어린 애

송이일 뿐인 것이다.

마주하고 있는 것만으로도 골이 지끈거린다. 결국 짜증스레 엉덩이를 털고 일어나서는 상대하기도 싫다는 내색을 풀풀 풍기며 방을 나왔다. 방을 나오니 이번엔 교극천을 비롯해서 북해빙궁의 무인들이 그를 기다리고 있었다.

루하의 눈이 교극천이 아닌 그의 딸 교위연을 향한다.

교극천은 이미 북해빙궁주로서의 권위를 상실한 지 오래다. 늘 루하의 뒤꽁무니만 쫓아다니기 바쁜데 무슨 권위가 있고 위엄이 있겠는가. 게다가 그의 부인이자 북해빙궁의 안주인인 은소소조차 그런 지아비 단속하느라 여념이 없으니……. 그리해 중원으로 온 이후로는 교위연이 북해빙궁의 모든 대소사를 관장하고 있었다. 물론 그런 교위연조차 한때 예천향의 미모에 홀려서 잠시나마 그 권위와 위엄이 나락으로 떨어진 적이 있지만.

아무튼 현재 북해빙궁의 실질적인 대표는 명실상부 교위연이었다. 애초에 교극천은 그와 대화를 나눌 만한 상태도 아니었다. 지금 이 순간에도 끈적끈적한 눈길을 하염없이 보내오는 교극천과 무슨 대화가 되겠는가 말이다.

"무슨 일입니까?"

루하의 물음에 역시 교극천을 대신해서 교위연이 입을 열었다.

"곧 혼천마교의 본거지를 기습할 거라고 들었어요."

"그런데요?"

"저희 북해빙궁도 같이 동참하겠습니다."

교위연의 말에 루하가 의외라는 표정을 한다.

이건 어디까지나 중원무림 대 혼천마교의 싸움이었다. 북해빙궁과는 무관하다면 무관하달 수 있는 일이었다. 북해빙궁이 끼어들 만한 일이 아닌 것이다.

그렇게 의아해하는 루하의 눈이 교위연을 지나 잠시 교극천에게 닿았다. 혹시 교극천의 귀소본능이 이런 결정마저도 내리게 한 것은 아닐까 하는 생각에서였다. 하지만 그에 대한 답 또한 교위연이 했다.

"우리 북해빙궁도 혼천마교와는 묵은 은원이 있으니까요."

"……?"

"혼천마교의 칼에 우리 북해빙궁도 상당한 피를 흘렸다는 걸 설마 그새 잊으셨나요?"

그녀는 혼천마교가 북해빙궁을 공격한 일을 말하고 있었다.

"그들의 목적이 어디까지나 혁련휘의 보물이었다고는 해도 거기에 휩쓸려 아까운 형제들이 다치고 죽었어요. 분명한 빚이 있고 해결해야 할 은원이 있는 만큼 우리에게도 혼천마교에 대한 지분이 있죠. 그렇지 않은가요?"

그러니 막지 말라는 것이 그녀와 북해빙궁의 의지였다.

루하의 입장에서야 굳이 막을 이유가 없다. 근거지는 찾았지만 그들의 전력에 대해서는 아직 정확하게 파악을 못한 만큼 손 하나라도 아쉬운 판국에 북해빙궁이 힘을 보태 준다는데 그걸 굳이 왜 마다하겠는가.

루하는 고민할 것도 없이 북해빙궁의 동참을 기꺼이 승낙하고는 마지막으로 자성을 찾았다.

"멀쩡하네? 며칠 전만 해도 저승 문턱에 두어 발쯤은 들이민 것 같은 얼굴이더만."

"덕분에."

루하의 말에 가볍게 입꼬리를 말아 올리는 자성의 얼굴은 지난번에 보았을 때와는 확연히 달라져 있었다. 핏기 한 점 없던 얼굴엔 화색이 돌았고, 열흘은 지난 시체마냥 퀭했던 눈에는 형형한 안광도 돌아와 있었다.

"얼굴 보니 그래도 고생한 보람이 있네. 그놈 만들려고 아주 피똥을 쌌거든. 진짜 난리도 아니었지. 형씨도 그걸 봤어야 하는데……."

"은혜는 확실하게 새겨 두었으니 그렇게 공치사하지 않아도 된다."

"아니 뭐, 딱히 공치사를 하겠다는 건 아니고, 그게 또 워낙에 귀한 물건이었단 말이지. 그 괴물 자식이 다 먹어 치우는 바람에 마지막으로 남은 내단을 바닥까지 싹싹 긁어다 만든 거니까……."

"글쎄, 그건 충분히 알고 있으니까 공치사는 더 필요 없대도. 그보다 무슨 일로 찾아온 건지 용건이나 말씀하시게."

"거참, 공치사나 하려고 그런 거 아니라니까 그러네. 근데…… 아직 못 들었어?"

"……?"

"혼천마교를 칠 거야. 근거지를 찾아낸 김에, 아주 이참에 뿌리째 뽑아 버릴 작정이야. 이 사이비 종자들이 다시는 미친 짓거리 하지 못하게. 구대문파도 다 동참하기로 했고. 구대문파야 뭐, 독이 오를 대로 올랐으니까 당연한 거긴 하지만. 그래서 말인데…… 우형도 한 손 거들어 줬으면 해서 말이야."

내단 덩어리와 그 사투를 벌인 것도, 그토록 서둘러 자성을 치료하고자 한 것도 다 오늘을 위함이었다. 하지만 공치사까지 주절주절댄 것이 무색하게도 자성의 대답은 루하의 기대와는 전혀 다른 것이었다.

"미안하군. 덕분에 몸이 많이 회복이 되긴 했는데, 아직은 새로운 힘이 완전히 내 것이 아니다. 무리하게 그 힘을 쓰려 하다가는 자칫 그 힘에 내가 먼저 먹혀 버릴지도 모른 다."

"우형이 먹혀 버린다는 게 그러니까…… 그…… 괴물처 럼 될 수도 있다는 뜻이야?"

"어쩌면."

"……"

팔공산으로 쳐들어가서 한창 벽우랑 싸우는 중간에 벽우 같은 괴물이 하나가 더 생겨난다면? 생각만 해도 소름이 다 끼칠 정도로 끔찍하다.

혹시 동족이나 혼천마교의 피를 손에 묻히게 되는 걸 꺼 려서 엄살을 부리는 것은 아닐까 싶어 자성의 얼굴을 살펴 보지만, 역시 그럴 성격도 성품도 아니다.

이 상태로 무리하게 힘을 썼다가는 정말로 벽우 같은 괴 물이 될 수도 있는 것이다.

"뭐, 정 그렇다면 할 수 없는 일이지."

미련은 오래 두지 않았다. 더 용건이 없기에 곧바로 자리 에서 일어섰다. 그런 루하를 향해 보다 짙어진 미안함을 드 러내는 자성이다.

"그대에게 진 빚은 다음에 반드시 갚도록 하지."

"가능하면 그 빚, 오래오래 묵혀 두고 천천히 갚아 주면

좋겠군."

그리해 쟁천이신장이 쟁천표국의 수호신장으로 뿌리를 내린다면 그건 그것대로 나쁠 것이 없는 일이다.

아무튼 그렇게 생각지 못한 소득도 있었고 생각지 못한 손실도 있었지만, 어쨌거나 모든 준비는 끝이 났다. 루하는 표사들과 북해빙궁을 대동하고 그 길로 곧장 일차 집결지인 봉태로 향했다.

봉태에 도착하고 보니 무림인들은 하나 빠짐없이 먼저 와서 그를 기다리고 있었다.

밤이슬을 맞아가면서까지 달려왔는데도 가장 은밀히 움직여야 하는 것이 또한 루하이다 보니 그들보다 한걸음 늦은 것이었다.

전날 보았던 눈빛들이다. 용광로처럼 뜨겁고 의기가 넘친다. 이에 루하도 다시금 분연히 달아오르는 호기를 느꼈다.

다른 말은 필요 없었다.

그렇게 마주한 눈빛이면 충분했다. 그리해 시각이 인시(寅時: 오전 세 시에서 다섯 시)를 막 지날 무렵. 어슴푸레 날이 밝아 오기 시작하는 그때, 루하를 필두로 한 수만의 공격대가 팔공산으로 돌진했다.

"뭐, 뭐야?"

"기, 기습이다!"

"적이 침입했다!"

구음지에서부터 터져 나오는 소란.

그 소란을 덮으며 루하가 사자후와도 같은 일갈을 터트렸다.

"다 무시합니다! 이대로 달립니다! 목표는 천자봉! 천자봉까지 다 무시하고 달립니다!"

목표는 천자봉이다.

천자봉 가장 높은 곳에 그보다도 더 높이 솟아 있던 마천루부터 무너뜨려야 한다. 그리되면 나머지 잔당이야 지리멸렬할 것이었다.

느닷없는 급습에 혼천마교도들은 당황했고, 그 틈을 타무림인들은 거침없이 질주했다. 급습도 급습이지만 루하가선두에 서고 연화가 뒤를 받치니 혼천마교로서는 도무지속수무책일 수밖에 없었다.

그렇게 성난 파도가 되어 걸리적거리는 모든 것들을 다쓸어버리며 내달린 끝에 드디어 천자봉에 도착했다.

거기에는 지옥문인 양 어김없이 하늘을 뚫을 듯이 솟아있는 마천루가 있었다. 그 장엄하면서도 섬뜩한 위용과 위엄에 그것을 처음 보는 무림인들은 입을 쩍 벌린 채 넋을 잃는다.

그런 무림인들을 보며 루하가 말했다.

"인원을 나누겠습니다. 북해빙궁분들과 쟁천표국의 표사들은 마교도들이 뒤를 치지 못하게 하시고 여길 지킵니다. 그리고 연화와 구대문파분들은 지하로 가세요. 제 짐작이 맞는다면 분명 그동안 실종된 고수들 중 생존해 있는 자가 있을 겁니다."

지난번 왔을 때 보았던, 생혈로 채워지던 욕조를 생각하면 분명 지하 어딘가에 생존자가 있을 것이었다.

"그리고 다른 분들은 모두 저와 함께 갑니다!"

그렇게 인원을 셋으로 나눈 루하는 곧장 문을 부수고 마천루 안으로 진입했다.

"와아아아!"

"죽여라! 마교 놈들을 단 한 놈도 살려 보내지 마라!"

"오늘로 혼천마교라는 이름을 다시는 들을 수 없게 할 것이다!"

마천루 안으로 진입하자 마음가짐이 또 달라지는지 무림인들이 호기에 찬 함성을 터트린다.

하지만 루하는 그런 분위기에 편승할 수 없었다. 지금부터 그가 상대해야 하는 것은 벽우였다. 아무리 그가 공령지체가 되고 자연검에 가까워졌다고 해도 안심할 수 없다. 벽우 또한 분명 지난번보다 강해져 있을 테니까.

더구나 지하에 세 구의 진화 강시가 금제되어 있었던 것을 생각하면 저 위에도 뭐가 있을지 모르는 상황이다. 자칫 방심하거나 안일하게 대처했다가는 그를 따라온 무림인들이 위험에 처할 수도 있는 만큼, 지금부터는 살얼음판 위를 걷듯이 조심해야 했다.

그렇게 신중히 누각을 올랐다.

가장 먼저 눈에 들어온 것은 지하층과 별반 다를 것이 없는 긴 복도였다.

칸칸이 늘어선 방들…… 이상한 것은 혼천마교도들이 한 명도 보이지 않는다는 것이다. 지하층만 하더라도 경비를 서는 자들이 꽤 있었던 것을 생각하면 의아할 수밖에 없었다.

"……."

의아함은 경계가 되어 더욱 신경을 곤두세우는 그때, 문득 코끝을 스쳐 가는 것이 있다.

'피비린내?'

혈향이다.

비록 옅고 흐렸지만 그것은 분명 피 냄새였다.

혈향을 느낀 순간 루하는 무림인들을 뒤로 물렸다. 그리고 조심스럽게 가장 가까이에 있는 방의 방문을 열었다.

"……."

크고 넓은 방 안엔 아무도 없다.

사람은 없지만 물건은 있었다.

기이하게 생긴 물건이었다. 줄기줄기 연결된 가늘고 긴 대나무가 방 안 곳곳에 아무렇게나 널브러져 있고, 군데군데 나뒹굴고 있는 물통도 보였다. 바닥이며 벽이며 덕지덕지 말라붙은 핏자국과 오물 자국들, 그리고 묵은 피와 썩은 오물들에서 풍겨 오는 역겨운 냄새까지. 십여 걸음 뒤로 물러서 있던 무림인들마저 움찔하며 코를 틀어막을 만큼 그 냄새는 지독했다.

하지만 루하는 그 역겨운 냄새에 신경 쓸 겨를이 없었다.

방 안에 널려 있는 물건들과 덕지덕지 말라붙은 핏자국이 어떤 연유인지 그 즉시 알아차렸기 때문이었다. 무엇보다 물동이가 낯이 익었다. 전날 이곳에 왔을 때 본 적이 있다. 지하밀실에서 혼천마교도들이 욕조에 피를 채우던 바로 그 물동이였던 것이다.

루하가 급히 다른 방문을 열었다.

마찬가지였다. 아무도 없다. 앞서 보았던 집기들만 나뒹군다.

다음 방을 열었다. 다음도, 또 다음도 마찬가지다. 그렇게 복도를 타고 끝에서 세 번째 방의 문을 열었을 때였다.

사람이 있었다.

그것도 한두 명이 아니다. 스무 명은 족히 넘을 것 같은 사람들이 혹은 앉아서, 혹은 누워서 그렇게 질서 없이 방 안을 가득 채우고 있었다. 보는 것만으로도 그 참혹함이 느껴질 만큼 피골이 상접한 채로, 이지를 상실한 탁하디탁한 눈을 하고, 마치 낚싯 바늘에 꿰인 물고기처럼 길게 이어 놓은 대나무 줄기를 팔뚝에 꽂고서.

대나무 줄기를 타고 붉은 선혈이 '뚝뚝' 물동이 위로 떨어진다. 어떤 것은 채 절반도 채워지지 않았고, 어떤 것은 피가 넘쳐흘러 바닥을 흥건히 적시고 있다.

'지하가 아니었어……'

피의 정화를 위한 제물은 지하가 아니라 이곳에서 만들어지고 있었던 것이다.

남은 방도 마찬가지였다.

각 방마다 적게는 스물에서 많게는 사십 명이 넘는 제물이 그렇게 사육되고 있었다. 한데, 루하가 막 마지막 방의 문을 열었을 때였다.

"불성 광혜!"

"과, 광혜 대사님!"

방 가장 구석자리에서 마찬가지로 피골이 상접해서 원래의 얼굴을 제대로 알아볼 수조차 없는 노승을 향해 무림인들이 그렇게 외쳤다.

순간 루하도 놀란 눈을 휘둥그레 떴다.

'저 노승이 불성 광혜라고?'

설란과의 좋지 않은 인연으로 인해, 그리고 건방지고 안하무인이던 제자들로 인해 불성 광혜라고 하면 불쾌한 기분부터 들 만큼 좋지 못한 인상이 있는 루하지만 직접 그를 본 적은 없었다.

정도십이천의 수장이자 강시로 인해 무림이 엉망이 되기 전까지만 하더라도 중원 무림의 영수였던 고승.

그 첫인상은 정말이지 볼품없었다.

아무리 그에겐 별로 달갑지 않은 사람이었다고는 해도, 그래도 풍문으로나마 들었던 불성은 바다보다 깊은 심안에 천년 고각보다도 예스럽고 또한 기품 있는 사람이었다. 그런데 지금 그의 눈에 비친 불성 광혜는 바다보다 깊은 심안도, 천년 고각 같은 예스러움도 기품도 없었다. 그저 죽을 날 얼마 남지 않은 병자일 뿐이었다.

루하가 그렇게 현실 감각을 잃고 멍해 있는 사이, 광혜로 인해 지금 방 안에 있는 제물들이 바로 혼천마교에 납치당한 무림의 고수들임을 인지한 무림인들이 급히 제물들을 살피기 시작했고 곧이어 여기저기서 경악과 반가움으로 탄성을 터트리기 시작한다.

"곤륜일학(崑崙一鶴) 구염공(九廉公) 대협이다!"

"이분은 염라수(閻羅手) 유선(儒仙)이야!"

"낙일신검(落日神劍) 신원(神猿)도 있어!"

실종된 자들 모두가 무림에서는 내로라하는 무림 명숙들이었다. 아예 인지를 하지 못했을 때야 그냥 스쳐 지났지만, 그들이 실종자들임을 인지하고 나자 여기저기서 신원을 알리는 목소리들이 이어졌다. 그리고,

"그 개자식들이 이분들에게 대체 무슨 짓을 벌이고 있었던 거야!"

더러는 친분이 있고 더러는 동경의 대상이기도 한 무림 고수들의 그 참혹한 모습에 분노를 터트린다.

별반 친분도 없는 루하마저 속에서 울컥 울화가 치밀어 오를 정도였으니 무림인들이야 오죽할까. 한데, 그런 와중에도 의아한 것이 있었다.

모두 아흔두 명의 희생자들이 무림인들에게 그렇게 속속 신원이 드러나는 가운데 딱 한 명, 누구의 손길도 닿지 않고 있는 자가 있었다.

봉두난발 헝클어진 머리카락에 이곳에 있는 어느 누구보다도 그 상태가 심각하지만 마흔이나 되었을까? 의외로 제물들 중에서 가장 젊어 보인다.

루하가 다가가 그 사내를 마주하고 앉는데, 그 순간 뜻밖

에도 사내가 고개를 든다. 더욱 의외인 것은 온몸은 만신창이인데도 고개를 든 사내의 눈빛에는 미약하게나마 이지가 느껴진다는 것이었다.

"내 말 들려요? 알아들을 수 있겠습니까?"

루하를 향하는 눈은 한참이나 그대로 멈춰 있었다. 그러다 미약하지만 분명하게 고개를 끄덕인다.

역시 이 사내만큼은 정신이 그나마 온전한 것이다.

"당신…… 누굽니까?"

누굴까? 혼천마교의 제물이 되었다면 그것만으로도 상당한 고수라는 것일 텐데, 누구길래 이 많은 무림인들이 아무도 이 사내를 알지 못하는 것일까?

이번에도 대답이 나오기까지는 한참을 기다려야 했다.

그리해 듣게 된 이름.

"다……암웅……."

순간 루하의 얼굴이 놀람으로 물들었다.

"당신 이름이 담웅이라고?"

믿기지 않는지 재차 물어본다. 이에 사내가 다시 고개를 끄덕이고, 루하는 정말이지 망치로 뒤통수를 한 대 얻어맞은 듯한 눈을 한다.

그도 그럴 것이 이 사내는 녹림칠패의 한 명이자 팔공산 사왕의 하나, 또한 실력으로는 명실공히 녹림 최강이라 불렸던 이곳 천자봉의 패주인 금강야차 담웅이었던 것이다.

출신이 출신이다 보니 루하에겐 지금까지 살아오면서 다른 세계의 존재였던 불성 광혜보다 이 담웅이라는 사내가 더욱 특별하게 느껴질 수밖에 없었다.

비단 루하만이 아니다. 지금까지 얼굴도 나이도, 하다못해 성별조차 알려진 것이 없는 신비인의 존재에 무림인들도 저마다 놀라워하기도 하고 신기해하기도 한다.

하지만 그것도 잠깐이다.

루하가 고개를 들어 위를 본다.

지금까진 벽우만을 생각했다. 저 위에 있을 벽우를 맞닥뜨리게 될 상황만을 생각했다. 하지만 지금 이 순간 위를 향하는 루하의 눈빛은 좀 더 복잡했다.

'대체 저 위에 또 어떤 끔찍한 것들이 있는 거지?'

궁금해지기도 하고 두려워지기도 한다.

물론 직접 확인해 보면 될 일이다.

루하는 일부 무림인들에게 제물들을 데리고 나가라고 지시한 후 곧장 다음 층으로 향했다.

'여긴 또 뭐야?'

아무것도 없다. 아래층에서 보았던 복도도 방도 없다. 그냥 구조 자체가 달랐다. 저 반대편의 계단을 제외하면 아예 아무것도 없는 텅 빈 공간이었다. 그 생각지 못한 광경에 멀뚱히 서서 의아해하는 그때였다.

쾅!

난데없이 그가 뛰어오른 계단 앞을 육중한 석벽이 떨어져 막아 버린 것이었다. 뭐가 어떻게 된 일인지 파악할 겨를이 없었다. 자신에게 닥칠 일을 걱정할 겨를도 없었다. 그 순간 루하가 아차하며 다급해한 것은 그렇게 갈라져 버린 무림인들의 안위였다.

그리해 석벽이 떨어져 내리자마자 즉시 주먹부터 날렸다. 그런데 그의 주먹이 석벽을 때린 순간, 주먹 끝에 가득 머금어져 있던 강기가 마치 물속에 던진 솜뭉치처럼 석벽 속으로 스며들어 버리는 것이 아닌가?

"이게 무슨……?"

황당함의 찰나에 스쳐 가는 것이 있다.

"설마, 백령석?"

언젠가 폭주 강시를 진압하기 위해 황군이 사용했다던 백령석. 기를 감쇠시키는 성질이 있는 돌이라고 했다. 그러고 보니 다급한 중에 미처 인식하지 못했지만 그의 앞을 막고 있는 석벽은 흰색이었다. 아니, 앞을 막고 있는 것만이 아니다. 사방이 온통 다 흰색 석벽이었다.

'함정……인가?'

아니면 원래부터 이럴 때를 대비해서 만들어진 것일까?

루하가 눈살을 찌푸리는 그때였다.

"크르르르……."

귀에 익은 괴음이 들린다 싶더니 괴인형이 나타나 그를 향해 흉측한 이빨을 드러내며 사나운 흉광을 줄기줄기 뿌려 댄다.

강시다.

초기 단계의 강시는 아니다.

그렇다고 진화 강시도 아니다. 무엇보다 뿜어 나오는 기운 자체가 차원이 다르다. 그것은 흡사 폭주 강시와 닮아 있었다. 하지만 폭주 강시보다도 훨씬 더 강렬하고 훨씬 더 흉험했다.

"그래서…… 이건 또 뭔데?"

지금까지 겪어 본 그 어떤 강시와도 그 느낌이 다르다.

설란이라도 옆에 있었다면 이 궁금함에 대한 답을 해 줬을지 모르지만, 지금 루하로서는 저 괴물의 정체를 알 길이 없다.

그저 벽우 외에 이런 괴물이 또 있었다는 것이 놀랍다 못해 황당하기만 할 뿐.

하지만 지금은 그런 거나 따지고 있을 때가 아니었다. 그렇게 황당해하고 있을 찰나,

"크아앙!"

괴물이 그를 향해 달려들고 있었다.

루하도 머뭇거리지 않았다. 저 괴물의 정체가 뭐가 되었
든 간에 지금은 일단 부수고 본다.

"개산풍운벽!"

그 즉시 파운삼십육권이 달려드는 괴물의 복부를 강타했
다.

"크헝!"

비명이 터지고 맥없이 날아간 괴물이 벽에 내다 꽂힌다.
하지만 벽에 내다 꽂히기가 무섭게 튕겨 일어나더니 다시
금 루하를 향해 달려든다.

'뭐야?'

상당한 힘을 실었는데도 전혀 타격을 입지 않은 모습이
다. 단지 괴물의 몸이 단단해서가 아니었다. 파운삼십육권
자체가 지금까지와는 미묘하게 감각이 달랐다.

힘이 실리지 않는 느낌이었다. 심지어 주먹이 보였다.

세상 밖으로 튕겨 나가지 않은 것이다. 그건 곧 그의 주
먹에서 뻗어나간 파운삼십육권이 세상이 감당 못 할 만큼
의 힘을 싣지 못했다는 뜻이다.

힘이 약해졌다.

'왜?'

순간 루하의 눈이 사방 백색의 벽을 향한다. 벽만이 아니다. 천장과 바닥까지도 온통 흰색이다. 백령석을 한 번도 보지 못했으니 저것이 정말 백령석인지는 모른다. 하지만 지금 자신의 이상 상태가 저 석벽 때문인 것만은 틀림없다.

'백령석이거나 그보다 더 강력한 무언가이거나……'

무엇이 되었든 상관없다.

벽우라면 모를까 저깟 괴물쯤은 기가 감쇠되면 감쇠되는 대로, 힘으로 안 되면 날카로움으로 베어 버리면 그만이다.

검을 뽑았다.

그래! 부술 수 없으면 벤다!

눈빛은 더욱 단호해졌다.

이윽고 자신을 향해 달려드는 괴물을 향해 루하도 땅을 박차며 검을 날렸다.

"검영삼파!"

세상에서 가장 빠른, 그래서 가장 날카로운 곤륜파의 영이검법이 루하의 묵빛 철검에서 뿌려졌다. 그리해 루하의 검이 괴물의 목을 베려는 찰나, 괴물이 팔을 들어 막는다.

까가가강!

루하의 검과 맞닿은 괴물의 팔에서 금속음이 일며 불꽃이 튄다.

피륙으로 된 살과 검이 부딪쳤는데 불꽃이 튀고 쇳소리

가 들린단 말인가. 하지만 충분히 예상했다. 강시란 놈들이 죄다 그랬으니까. 오히려 그 순간 루하의 눈에 들어찬 것은 '통한다!' 라는 득의였고 안도였다. 괴물의 팔에 가로막힌 그의 검이 그 괴물의 팔을 한 치가량 파고들어 있었기 때문이었다.

'벨 수 있다!'

기를 감쇠시키는 이곳에서도 그의 검은 분명 괴물에게 통하고 있는 것이다. 여기서 한 푼의 힘만 더 실어도 저 한 치는 세 치, 네 치가 되어 괴물의 팔을 잘라 버릴 것이었다.

그렇게 확신을 얻은 루하가 두 번째 초식을 시전하기 위해 서둘러 검을 거두려 할 때였다.

틱—

그 전에 괴물이 자신의 팔에 박힌 루하의 검을 덥석 잡아채는 것이 아닌가?

더 기겁할 노릇은 괴물이 검을 잡아챈 순간 온몸의 힘이 쫙 빠져나가는 것이었다.

'뭐, 뭐야?'

놀라서 급히 검을 빼내려 했지만 안 된다. 아예 힘이 실리지를 않았다. 심지어 다급한 마음에 검 자루에서 손을 떼려 했지만, 어떤 강력한 흡인력에 그마저도 되지 않았다. 검을 타고 꿀럭꿀럭 기가 빠져나가는 것이 소름 끼칠 정도로 선명히 느껴지는데도 도무지 속수무책이었다.

'이거 혹시 흡성대법이야?'

덜컥 겁이 난다.

흡성대법이라면 각종 영웅담에서 숱하게 들은 무공이다. 그 강력함, 그 가공함, 그리고 그 잔혹함까지. 흡성대법에 기가 빨리면 순식간에 뼈만 남는다고도 했다.

정기가 빨려 뼈만 남은 자신의 모습을 상상하니 끔찍하기 그지없다. 그 바람에 더욱 다급해져서 검에서 손을 떼기 위해 안간힘을 쓰는데, 그러다 문득 이상한 것을 느꼈다.

이미 한참이나 기가 빠져나갔는데 고갈되기는커녕 오히려 온몸의 기가 충만해지는 느낌이었던 것이다.

'참! 그러고 보니 나 공령지체잖아?'

마르고 닳도록 써도 다 마르지 않는다는 바로 그 공령지체가 아니던가. 사방이 이상한 벽으로 막혀 있는데도 자연의 기는 그 순간에도 끊임없이 들락날락거리며 빠져나간 기운들을 채운다. 단지 채우는 것만이 아니다. 그렇게 한 번씩 순환을 할 때마다 오히려 더 많이 채워지고, 그 순도 또한 높아진다.

그 바람에 괴물의 동공에 의아함이 들어찬다.

"......?"

이성도 없고 기억도 없다. 하지만 익숙함이라는 것은 그대로 남아 있었다. 내공을 빨아들이는 느낌, 내공을 모두 흡수하고 나면 다음은 원신진기다. 그리고 원신진기란 것은 실로 달콤한 것이어서 원신진기를 흡수할 때는 그 강렬한 쾌감에 온몸이 부들부들 떨릴 지경이었다. 그런데, 이미 원신진기의 맛이 느껴져야 할 때가 지났는데도 내공만 한정 없이 들어온다.

지금까지와는 다른 그 이질감에 멀뚱히 루하를 보는데, 그 순간 루하의 반응 역시 지금까지의 먹잇감과는 사뭇 달랐다.

공포와 절망만으로 일그러져 있어야 할 그 얼굴에는 어이없게도 웃음기가 떠올라 있었다.

말려 올라간 입꼬리. 어딘지 회심에 찬 눈초리.

순간 괴물은 어떤 본능적인 불길함에 주춤하며 루하의 검에서 급히 손을 떼려고 했다. 한데, 그 전에 루하의 다른 한 손이 그런 괴물의 손을 덥석 움켜쥐더니 검에서 손을 빼지 못하도록 옥죈다. 그리고 말려 올라간 입꼬리를 비집고 흘러나오는 말.

"란이가 늘 강조하는 게 있는데 말이지, 그게 그릇이라는 거거든. 사람에겐 저마다의 그릇이 있고 그 그릇만큼 내공이 담긴다. 네 녀석은 어떨까? 얼마나 큰 그릇을 가지고 있을까? 내가 궁금한 건 못 참는 성격인데 하필이면 그게 지금 궁금해져 버렸단 말이지.”

더욱 깊게 말려 올라가는 입꼬리가 사악하다. 그와 동시에 거대한 기운이 검을 타고 괴물에게로 밀려들었다.

“크헉!”

지금까지는 그저 냇물이었다면 그 순간 밀려들어 오는 내공은 장강의 거대한 물살이었다. 무시무시할 정도로 거침없는 기의 난입에 괴물이 다급한 숨을 터트리며 발버둥을 쳐 보지만 소용없었다. 그럴수록 루하의 옥죈 손은 더욱 단단해졌다. 그도 그럴 것이 기가 빨려나갈 때는 마치 뇌전이라도 맞은 듯이 온몸에 기운이 없더니, 도리어 주도해서 밀어 넣자 기운도 점점 되살아나고 손아귀의 힘도 온전히 돌아온 것이었다.

그리해 밀어 넣었다.

무한히 채워지는 온몸의 기운을 남김없이 밀어 넣고 또 밀어 넣었다. 그리해 어느 순간 버둥대던 괴물의 얼굴이 벌겋게 달아오르고,

“끄으으으……”

고통으로 일그러지고 비틀린 입술을 비집고 신음이 새어 나온다.

“끄어헝!”

이윽고 신음은 비명이 되고, 발버둥은 공포와 고통, 생존

을 향한 절실한 몸부림이 된다.

괴물의 그릇은 거기까지였다. 루하가 밀어 넣은 기는 이미 루하의 통제마저도 벗어나서 괴물의 몸 속을 날뛰기 시작했고, 마치 덫에 갇힌 호랑이처럼 사방으로 뛰어다니며 뼈를 부수고 살을 녹였다. 급기야,

콰앙!

터졌다. 이미 부서지고 녹아서 살점 한 점, 뼈 한 조각, 피 한 방울 남기지 못한 채로 그렇게 소멸해 버렸다.

남은 거라고는 루하의 묵빛 검에 뿌옇게 낀, 먼지인지 존재의 흔적인지 모를 자국뿐.

루하는 지체하지 않았다.

가로막힌 석벽 뒤 무림인들의 생사부터 확인했다. 그리해 뒤를 막아선 석벽을 향해 지체 없이 검을 날렸다. 아무리 기를 감쇠시키는 물건이라고 해도 그것 역시 괴물과 마찬가지로 검의 날카로움마저 막아내지는 못할 테니까. 하지만 그가 막 검을 날리려는 찰나, 갑자기 한기가 밀어닥친다 싶기 무섭게 석벽에 냉기가 서리더니,

쩌저저적—

균열이 일어나서 순식간에 조각나 버리는 것이었다. 그리고 그 뒤로 무림인들이 나타났다. 거기에는 지하로 갔던 연화와 구대문파의 제자들도 같이 있었다.

연화가 수수혈마공으로 석벽을 부숴 버린 것이었다.

"어떻게 된 거야?"

루하가 어리둥절해하며 묻자 연화가 대답했다.

"지하에는 아무것도 없었어."

"아무것도 없다니?"

"사람도 물건도 아무것도."

루하는 어리둥절했다. 전날 그가 왔을 때만 해도 곳곳에 경비 무사들이 배치되어 있었고 이상한 욕조에, 심지어 진화 강시마저 세 구나 있었다. 그가 미처 보지 못한 곳에도 뭐가 더 있었을지 모르는 일이었다. 그런데 아무것도 없다니?

"혹시 낌새를 채고 도주해 버린 거 아닐까요?"

무당파 제자 중 하나가 그렇게 묻는다.

순간 루하의 뇌리에도 불길하고 불쾌한 생각이 스쳐 갔다. 그러고 보니 그들의 본거지가 이렇게 난리 통이 된 마당에도 이상하게 벽우의 모습이 보이지 않았다. 벽우의 기운도 느껴지지 않는다. 아니, 아예 사람의 인기척 자체를 느낄 수가 없다.

정말로 도주라도 해 버렸단 말인가? 저 밖의 혼천마교도들을 모조리 버려두고?

북해에서 재생 괴물들을 지키기 위해 수백 명이 육탄으

로 그의 앞을 막아서던 것을 생각하면 이상할 것도 없는 일이다.

'그렇다곤 해도 그럼 아까 그 괴물은?'

그들에겐 분명 귀한 전력이었을 텐데…….

'시간 끌기용이었던 건가?'

아니면 안전을 도모한 중에도 회심의 한 수를 던져 둔 것일지도 모른다. 루하가 공령지체를 이루지 않았더라면 정말이지 애를 먹었을 테니까.

생각이 거기에까지 미치자 아차 싶은 루하가 급히 다음 계단을 올랐다. 그리고 그 다음 층도, 또 그 다음 층도 오르고 올라 마지막 층까지 올랐지만 지하층과 마찬가지로 이미 거기에는 사람도 물건도 아무것도 없었다.

무당파 제자의 말대로 미리 낌새를 알아차리고 도주를 한 것이 틀림없었다.

하지만,

"오래되지 않았습니다. 분명 얼마 못 갔을 겁니다."

루하의 말은 확신에 차 있었다.

그가 그렇게 확신하는 이유는 아래층에서 발견한 납치된 무림인들 때문이었다. 굳이 그들을 남겨 두고 갔다는 것은 그만큼 다급했다는 뜻이다. 또한 다시 생각해 보니, 그 빈 방들에도 급하게 정리한 흔적들이 역력했다.

"허나…… 얼마 못 갔다고 해도 어디로 갔는지를 모르니……."

오래되진 않았다고 해도 그 행방을 찾기란 지금으로서는 쉬운 일이 아니다.

한창 뜨겁게 달아올랐던 의기에 찬물이 끼얹어진 양 그렇게 모두가 난감해하고 있을 때였다.

"어디로 갔는지 내가 알 것 같아."

무림인들의 뒤에서 갑작스럽게 들려온 목소리는 난데없으면서도 또한 반가운 목소리였다. 무림인들이 일제히 고개를 돌려 향하는 곳에는 안전을 위해 봉태에 남겨 두고 온 설란이 서 있었던 것이다. 마찬가지로 만일을 대비해 설란의 옆을 지키게 했던 자성도 함께였다.

"어떻게 온 거야? 거기서 기다리고 있으랬잖아?"

"급하게 정보 하나가 들어와서 마냥 기다리고만 있을 수가 없었어."

"정보?"

"지금 각지에 흩어져 있던 강시들이 갑자기 북쪽으로 향하고 있다는 소식이야. 그 방향이 아무래도…… 장북인 것 같아."

"장북이라니? 그럼 설마……."

"응, 맞아. 중원에 남아 있는 강시들이 이백 년 동안 잠들어 있었던 곳, 이 모든 사태의 발원지이자 근원인 혈마동으로 집결하고 있는 것 같아. 물론 그들 강시를 움직이고 있는 건……."

말끝을 흐린 설란이 자성을 보자 자성이 그 말을 받았다.

"혼천마교의 태사로밖에 없지."

그 말인즉슨, 혼천마교 역시 지금 무림과의 일전을 대비하고 있다는 뜻이었다.

第二章

이게 무슨 개 같은 짓이냐고!

"역시 무림인들이 성을 범했단 말이지?"

"태사로께서 정확하고 빠른 대처를 하신 덕분에 큰 피해를 막을 수 있었습니다."

태사로 이찬의 얼굴은 무거웠다.

천운이었다. 교인들 중 하나가 산을 내려가 우연히 무당파 제자들을 발견한 것도, 그 교인이 지난번 무당산을 올랐던 인원들 중 하나여서 마침 그 무당파 제자들이 아는 얼굴이었던 것도. 덕분에 무당파 제자들이 대거 몰려와 있다는 보고에 끝끝내 찾지 못한 환혼단으로 인해 내내 불안했던 마음에 확신이 생겼고, 그리해 황급히 몸을 빼냈다.

"허나…… 두고 온 형제들이 너무 많다."

"천주를 지킨 것만으로도 다행한 일이었습니다."

수하의 눈이 이찬의 뒤, 석관을 향했다.

이찬의 시선도 석관으로 옮겨졌다.

환혼단을 잃어버린 탓에 계획했던 모든 것이 틀어져 버렸다. 거기다 진화 강시들을 막기 위해 나시금 금세를 풀어 버린 탓에 지금 벽우의 상태는 상당히 아슬아슬하고 위태로운 상태였다. 들끓는 기혈을 가라앉혀야 했다. 들끓는 기혈을 가라앉히더라도 한 치 앞을 가늠할 수 없는 판국에 만일 거기서 벽우의 금제를 풀어 루하를 상대하게 했더라면 필경 폭주가 시작되었을 것이고, 그리되었다면 모든 것이 그의 통제를 벗어나 버렸을 것이다.

시간이 필요했다. 벽우의 폭주를 지연시키기 위해서도, 흐트러진 전열을 다시 정비하기 위해서도.

이를 위해 천인 군조(窘照)마저 두고 온 것이었다.

군조는 벽우보다 앞서 새로운 천주로 선택된 자였다. 하지만 실패했다. 그 실패로 인해 되찾았던 이성을 다시 잃어버렸지만, 무력만큼은 재생을 완성한 다른 천인들과는 비교도 안 될 정도로 강했다. 특히 북명신공은 벽우라 해도 쉽게 승부를 장담할 수 없을 만큼 무서운 무공이었다. 한데, 그 군조가 시간조차 제대로 끌지 못하고 당했다. 심지어 군조가 있던 방은 순정의 백령석으로 만들어진 곳이었는데도.

'삼절표랑……'

사백 년을 기약한 안배가 그의 대에서 시작되려 한다는 것을 인지한 순간부터 늘 계산에 두고 있던 인물이었다. 그런데 번번이 그의 계산을 벗어나 버린다.

어떤 자인지 도무지 종잡을 수가 없다.

얼마나 강한지도 가늠할 수 없다.

이미 인간의 한계를 초월한 자이건만, 그런데도 매번 소식을 접할 때마다 더 강해져서 나타난다.

결국 무림과의 전쟁은 누가 먼저 왕을 취하느냐의 장기판 싸움이다. 삼절표랑을 죽이고 분명 그가 가지고 있을 환혼단을 되찾아 벽우를 반(半)폭주 상태로 깨우면 중원을 얻는다. 반대로 삼절표랑의 손에 벽우를 잃거나 그 전에 벽우가 완전한 폭주 상태가 되어 버리면 승산도 희망도 사라진다.

벽우를 깨울 수 있는 건 이제 한 번뿐이다. 이미 한계에 이르러 버린 벽우의 혼은 들끓고 있는 기혈을 가라앉히더라도 한 번의 금제밖에는 견디지 못한다. 그 한 번도 얼마나 버틸 수 있을지 장담할 수 없다. 그러니 승부를 낼 수 있는 기회 또한 딱 한 번밖에 없는 것이다.

'허나, 한 번이면 충분하다!'

루하를 생각하는 것만으로도 간담이 서늘해 오는 이찬이지만, 벽우가 잠들어 있는 석관을 향하는 눈에는 확고한 믿음과 확신이 있다.

제아무리 삼절표랑이 강하다고 해도, 어쩌면 다음에 만날 때는 지금보다도 더 강해져 있을지라도 벽우라면 능히 제압할 수 있을 것이다.

그가 할 일은 그저 주변과 그 외 잡다한 것들을 정리해 다른 변수가 끼어들 여지를 없애는 것뿐.

"미천인(未天人)들은?"

"소혼령(召魂鈴)이 울렸으니 이미 신묘(神廟)로 향하고 있을 것입니다."

미천인이란 아직 진화가 되지 못한 초기 단계의 강시를 뜻하는 것이었고, 신묘란 혈마동을 말하는 것이었다.

"하온데…… 소혼령으로 부를 수는 있어도 부릴 수는 없는 분들입니다. 그분들을 불러 어찌하실 생각이신지……?"

"호랑이를 늑대 굴에 집어넣는 일이다. 아무렴 길들이지 않았다고 호랑이가 늑대를 그냥 두겠느냐? 그거면 된다. 늑대를 다 잡지 못한다 하더라도 우리에게 필요한 시간은 충분히 벌어줄 테니까."

이찬의 고저 없는 말에 순간 움찔하는 수하다.

천인들을 받들기 위해, 천인들을 위해서만 존재하는 그

들이다. 태어나는 순간부터 숙명처럼 그 사명만을 안고 살아왔다. 그리해 천인을 위해 수백 수천의 형제들이 기꺼이 죽음도 불사하지 않았던가. 한데, 지금 이찬은 그런 천인들을, 그들이 목숨으로 지켜야 하는 주인들을 미끼로 내던지겠다고 하고 있는 것이다.

언제부터였을까?

언젠가부터 천인들을 향하는 이찬의 말투와 태도가 바뀌었다. 주인이 아닌, 그저 도구를 대하는 듯한…….

환혼단만 해도 그랬다. 아무리 폭주부터 막아야 했다지만, 무사히 완성될 확률이 채 일 할도 되지 않는 것을 무리하게 강행하려고 했다. 오히려 미완성인 채로 남기를 바라는 것처럼.

달라진 것이다.

이백 년을 이어 온 선대의 유지와 교리를 거부하고 그 마음에 욕망을 담아 버린 것이다.

나쁘지 않다.

그 역시 늘 마음 한편에 왜 자신들이 천인들을 위해 대가 없는 희생을 치러야 하는지 의문을 품어 왔으니까. 그 맹목적인 충성이 늘 마음에 와 닿지가 않았으니까.

천하일통을 이루어 만천하에 혼천마교의 숭고한 교리를 퍼트리는 것.

그것이야말로 혼천마교 본연의 의지이고 본래의 대업이
었지 않은가? 그것이 천인들을 섬기며 그들의 수발이나 드
는 것보다는 훨씬 더 가치 있는 일이 아니겠는가?

＊　　＊　　＊

"그래서 혈마동으로 향하고 있는 강시가 몇이나 되는데?"
루하의 물음에 설란이 손가락 세 개를 펴 보였다.
"서른 구. 그간 우리가 잡은 것도 있지만, 진화 강시들이
잡아먹은 게 많아서 남아 있는 초기 강시는 서른 구밖에 안
돼."
'서른 구밖에'가 아니다. '서른 구나'다. 적어도 지금
이곳에 있는 무림인들에게는 그랬다.
북해빙궁을 제외하면, 아직도 초기 강시 하나를 제대로
상대할 수 있는 중원의 문파는 단 한 곳도 없다. 그런 그들
에게 강시 서른 구라는 것은 정말이지 기겁할 정도로 까마
득한 숫자였다. 그런데,
"가, 갑시다!"
암담하게 일그러진 얼굴들 속에서 누군가 불쑥 그렇게
외쳤다.
그 돌연한 목소리에 루하가 목소리의 주인을 찾아 눈길

을 돌리는데, 그 주인을 찾기도 전에 다른 곳에서 그보다
더 뜨거운 목소리가 터져 나왔다.

"그럽시다! 어차피 죽기를 각오하고 왔는데, 뭐가 더 두
렵겠습니까?"

"맞습니다! 어렵게 밟은 꼬리입니다. 언제 또 이런 기회
가 올지 모르는 일입니다. 꼬리를 잡았을 때 끝장을 봐야
합니다!"

워낙에 강시의 무서움을 가장 절절하게 경험했던 자들이
었다. 그런데도 여기저기서 터져 나오는 목소리에서는 차
츰차츰 두려움이 걷어지고, 격정으로 뜨거워진다.

물론 거기에는 루하에 대한 믿음이 바탕에 깔려 있었다.
루하뿐만이 아니다. 비로소 완성이 된 쟁천이신장에게서
도, 북해빙궁에서도, 하다못해 쟁천표국이라는 이름만 걷
어내면 아무것도 아니었을 일개 표사들에게서조차 그들은
용기를 얻고 있었다.

저들이 같이 있는데 강시인들 무엇이 두렵겠는가!

동료를 잃은 분노와 두려움 없는 의기에 루하도 다시금
뜨거워졌다.

감동했다.

그들을 모조리 환골탈태를 시켜 주고 싶을 만큼.

그들의 무기를 모조리 금강한철로 바꿔 주고 싶을 만큼.

물론 루하가 한순간의 뜨거움으로 그렇게 손해 보는 장사를 할 인사가 아니지만 말이다.

"좋습니다. 이왕 시작한 거 이참에 아주 끝장을 보겠습니다!"

루하의 말에 함성이 터져 팔공산 천주봉을 흔든다.

그 함성 속에서 설란이 걱정스럽게 말했다.

"그렇게 섣불리 움직여서 될 일이 아냐."

"왜?"

"이미 혼천마교의 지휘부가 다 몸을 뺀 후야. 그들이 작정하고 몸을 숨기려 했다면 그 행적을 쫓기가 간단치가 않았을 거야. 그런데도 강시들을 움직였어. 우리가 강시들을 감시하고 있다는 걸 뻔히 알면서."

"그러니까 네 말은, 우리한테 급습을 당해서 급하게 전력을 끌어 모으고 있는 게 아니라 일부러 우리한테 자신들의 행적을 흘리고 있는 거라고?"

"응. 아닐 수도 있지만…… 함정일 가능성이 분명히 있어."

"그래 봤자 놈들의 전력이란 건 뻔하잖아."

벽우와 강시 서른 구, 어쩌면 준비해 둔 몇 구의 진화 강시가 더 있을지도 모른다.

하지만 그 정도야 이미 루하도 예상하고 있는 수준이었다. 그리고 또한 벽우를 죽이면 어차피 끝이 나는 싸움인

건 마찬가지였다.

"하지만……."

루하의 말이 틀린 것이 아닌데도 걱정을 지우지 못하는 설란이다.

루하도 마냥 태평한 것은 아니었다. 조금 전만 해도 백령석에 흡성대법인지 뭔지 모를 이상한 사술을 부리는 강시까지, 어디 예상이나 했겠는가. 놈들이 또 뭘 더 숨기고 있을지, 또 뭐가 더 튀어나올지 장담할 수 없는 노릇이다.

그러나 여기서 멈출 수는 없다. 무림인들의 사기가 하늘을 찌르고 있는 것도 그렇지만 마음이 급했다.

마천루에서 강시를 상대하며 확실히 느꼈다.

그들이 가장 절실히 원하고 있는 것은 시간이라는 것을.

시간을 주게 되면 위험해진다. 어쩌면 그 시간이 벽우를 그로서도 감당할 수 없는 괴물로 만들지도 모른다.

그건 직감이기도 하고 또한 확신이기도 했다.

역시 지금밖에 없다.

지금 하는 수밖에 없다.

"걱정 마. 이 서방님만 믿어. 혈마동에 뭐가 더 숨겨져 있든, 놈들이 혈마동에 무슨 짓을 해 놓았든 내가 다 박살 내 버릴 테니까."

단단한 미소를 입가에 걸고는 설란의 머리를 두어 차례

쓰다듬은 루하가 고개를 돌려 자성을 본다.

"우형은 어쩔 거야?"

"말했지 않은가. 아직은 새 힘이 완전히 내 것이 아니라고. 무리하게 힘을 쓰려다가는 그 힘에 내가 먼저 먹혀 버릴 수도 있다고."

"그럼 무리하지 않을 만큼만 힘을 쓰면 되겠네."

"……."

"들으셨다시피 아무래도 꽤나 고단한 여정이 될 것 같거든. 손 하나가 절실해질 거 같단 말이지."

"허나, 그러다 내가 내 힘을 통제할 수 없는 상황이 와 버리기라도 한다면 그건 더 최악이지 않는가?"

"그럼 그전에 혀라도 깨물고 자살해. 그럼 되잖아?"

"되긴 뭐가……."

"아니 그럼, 나더러 괴물을 둘이나 상대하라고?"

"그러니까 나는 가지 않는 것이……."

"그러니까 지금 손 하나가 절실하다니까. 자살이 정 내키지 않으면, 좋아."

루하가 이번엔 연화를 본다.

"다 죽어 가던 인간, 너 때문에 살려 놓은 거니까 네가 책임져. 네 오라버니께서 폭주를 하게 될 것 같으면 얼려죽이든 심장을 파 버리든 책임지고 끝장을 내 버리라고. 알겠지?"

루하의 말에 자성을 보는 연화다.

무심한 눈길이다. 자성의 눈에는 미세한 흔들림이라도 보이는데, 연화의 눈은 언제 그를 걱정했냐 싶게 차갑기만 하다. 그리고 또한 냉정하게 고개를 끄덕인다.

그 냉정한 끄덕임에 자성이 쓰디쓴 고소를 베어 물고, 반대로 루하는 흡족하다는 듯 함박웃음을 머금는다.

"좋아. 그럼 이제 혈마동이란 곳이 어떤 곳인지 구경이나 하러 가 보자고!"

무림인들은 지체하지 않고 혈마동을 향해 내달렸다.

분노는 화산처럼 타오르고 사기는 하늘을 찌른다. 그렇게 거칠 것 없이 질주했다. 그 행보가 워낙에 요란했던 때문인지 하남을 지나 하북에 들어설 무렵에는 마치 쟁천표국의 표행 때마냥 소문을 듣고 구경 나온 인파들이 길목길목마다 북새통을 이룰 지경이었다.

강시와 혼천마교로 인해 수많은 인명 피해를 입었다.

지난 수년 동안 무림은 역사상 유례가 없을 만큼 많은 피를 흘렸고, 공포에 떨었다. 그런 만큼 그 인파들이 전해 오는 감정들은 뜨겁고 간절했으며 절박했다.

심지어 그 뜨거움을 참다못해 혼천마교 토벌대의 행렬에

합류하는 사람들도 부지기수여서 소오태산(小五台山)에 이르렀을 때에는 처음보다 인원이 세 배가 넘게 불어나 있었다. 오히려 짐이 될 뿐이었지만 워낙에 의지들이 완고해서 내칠 수도 없었다.

그렇게 걸음걸음마다 기세를 더하며 내달린 끝에, 마침내 혈마동과 반나절의 거리를 남겨 둔 지점에서 루하가 행렬을 멈췄다. 마침 밤을 맞기도 했거니와 급하게 달려오느라 제대로 쉬지도 못한 탓에 최후의 일전을 남겨 두고 마지막 정비에 들어간 것이었다.

"이럴 줄 알았으면 제갈세가도 부를 걸 그랬나?"

루하가 아련히 먼 곳으로 눈길을 던진다.

그의 눈길이 향하는 곳은 저 멀리, 이름 그대로 마치 짐승의 뿔처럼 하늘을 뚫을 듯이 뾰족하게 솟아 있는 천각산(天角山)이다.

저기에 혈마동이 있다. 하지만 혈마동이 정확히 천각산 어디에 있는지, 그 규모와 구조는 어떠한지 정확히 아는 것은 제갈세가뿐이다. 그도 그럴 것이 제갈세가가 혈마동을 발견했다는 것만 알려졌을 뿐 워낙에 철저하게 기밀을 유지한 탓에 누구도 그 실체를 직접 본 사람이 없는 것이다.

그 안에 뭐가 숨겨져 있을지 알 수 없다.

어떤 함정이 숨겨져 있고 어떤 기관이, 또 어떤 진법이 매복되어 있을지 모른다.

"이럴 때 제갈세가가 길잡이를 해 줬다면 한결 마음이 놓였을 텐데 말이지."

혈마동을 직접 확인했다는 것뿐만 아니라 제갈세가가 가진 기관진식에 관한 그 해박한 지식들도 아쉽다. 그건 사천당문도 마찬가지다. 독과 그 외의 암수에도 대비를 해야 하는 만큼 사천당문도 큰 힘이 될 수 있는데, 혈마동이 마지막 전쟁터가 될 줄은 전혀 생각지 못한 채 여기까지 휩쓸려 오다 보니 아무런 준비가 되어 있지 않았다.

'이렇게 천각산을 마주하고 나서야 제갈세가를 떠올리는 것을 보면 나도 아직 멀었지, 아직 멀었어.'

그렇다고 사기가 충천해 있는 이 시점에 제갈세가를 부르느라 시간을 허비할 수도 없는 노릇.

이럴 때는 안전을 위해 두고 온 설란의 부재가 아쉽다.

'걔가 있었으면 벌써 제갈세가와 사천당문을 움직였을 텐데 말이지.'

그렇게 설란의 부재와 자신의 부족함을 안타까워하고 있을 때였다.

"제갈세가주와 사천당문주가 국주님을 뵙기를 청하고 있습니다."

호랑이도 제 말 하면 온다더니, 공교롭게도 그 시점에 제갈세가주 제갈문과 사천당문주 당학경이 그를 찾아온 것이었다.

루하로서야 그보다 더 반가울 수가 없다.

그리해 만나게 된 두 가문의 주인들은 정말이지 행색이 말이 아니었다.

얼굴은 초췌하고 옷은 흙먼지로 꾀죄죄했다. 머리조차 제대로 다듬지 못해서 영웅건 위로 아주 까치집을 지었다. 중원 무림에서 가장 명망 높은 가문의 수장들이라고는 도무지 믿기지 않은 행색들. 몇 날 며칠 잠 한숨 제대로 자지 못하고 달려온 것이 틀림없었다.

"여긴 어찌들 찾아오셨습니까?"

반갑기는 했지만 내색은 하지 않았다. 이렇게까지 급하게 자신을 찾아온 이유가 대강 짐작도 되지만, 그것도 모른 척했다.

아쉬운 말은 먼저 꺼내는 쪽이 손해라는 것쯤이야 거래의 기본이 아니던가. 더구나 상대는 재고 따지고 할 처지가 아니었다.

"이번 혼천마교 토벌전에 저희 두 가문도 참가하고 싶소이다."

아니나 다를까, 쓸데없이 질질 끌지 않고 바로 본론부터 꺼낸다.

"토벌전에 참가하고 싶다고요?"

"아시다시피 혈마동에 관해서라면 제갈가만큼 잘 아는 곳이 없소이다."

그 말을 당학경이 잇는다.

"듣기로 혼천마교에서도 이미 만반의 준비를 하고 있다 들었소. 그렇다면 음험한 살수도 분명 숨기고 있을 터, 사천당가의 지혜가 필요할 일이 분명 생길 것이오."

"그러니까 그 말씀인즉슨, 혈마동까지 길을 안내해 주시 겠다는 겁니까? 두 가문에서?"

먼저 부탁을 해도 모자랄 판에 스스로 길잡이가 되어 주 겠다고 한다.

'이거 어째 일이 너무 술술 풀리는데?'

짐작은 했지만 막상 그들에게서 직접 그 말을 듣고 보니 괜히 께름칙해진다.

"그래서…… 원하는 게 뭡니까? 당연히 무림 대의니 정 의니 그런 거 때문에 그런 행색들을 하시고 여기까지 달려 오신 건 아닐 테고……."

애초에 무림대의를 생각하는 작자들이었다면 루하로부 터 강제 봉문령을 당하지도 않았을 것이다.

루하가 그렇게 대놓고 묻자 잠시 머뭇거리던 제갈문이

이내 결심이 선 눈빛을 하고는 대답했다.

"우리들 가문에 내려진 봉문령을 감해 주시오."

"오십 년 봉문은 우리더러 죽으라는 것과 같소이다."

이 또한 짐작하고 있었다. 그들이 그에게 원하는 거야 그 것 말고는 달리 없을 테니까.

그들이 그렇게 탁 터놓고 나오자 루하도 더는 재지 않았다.

"뭐, 확실히 이번 토벌전에 두 가문이 필요한 건 사실입니다. 두 분 말씀대로 혈마동에 대해서는 제갈세가만큼 잘 아는 곳이 없고, 암중의 칼을 피하자면 사천당문의 지혜가 필요하죠. 두 가문이 지식과 지혜를 빌려 주신다면 그보다 더 든든한 일이 어디 있겠습니까. 좋습니다. 과(過)를 공(功)으로 상쇄시키는 거야 지극히 상식적인 일이니까 무림인들도 충분히 받아들이겠죠. 그래, 얼마나 감해 드리면 되겠습니까?"

루하의 직설적인 물음에 분명 생각해 둔 것이 있을 텐데도 쉽게 입을 열지 못한다. 자칫 루하에게 괘씸죄로 찍혀서 이 절호의 기회가 무산되어 버릴까 조심스러운 것이다.

루하는 기다리지 않았다.

넘어온 칼자루를 쥐고 바로 휘둘렀다.

"아직 세세한 것까지는 정하지 않으신 것 같은데, 그럼 이렇게 하죠. 과는 확실히 드러난 게 있는데 공은 아직 이룬 게 없으니, 이번 토벌전에서 두 가문의 활약에 따라서 딱 세우는 공만큼 과를 감해 드리는 걸로. 그게 합당하지 않겠습니까?"

루하의 말에 두 가주들의 표정이 좋지 않다.

이왕이면 이 자리에서 확답을 받고 싶은 그들에게 '세우는 공만큼'이라는 표현은 판단 기준 자체가 너무 모호했다. 결국 그 말은 '내가 내키는 대로'라는 말과 하등 다를 바가 없다. 루하의 기분에 따라서 삼십 년이 될 수도 있고 삼 일이 될 수도 있다는 것이 아닌가?

생각해 보면 참 기가 막힐 일이다.

천하를 꿈꾸었던 그들 가문이다.

사대세가로 불렸을 때도, 오대세가로 불렸을 때도, 또 여섯 가문으로 불리게 되었을 때에도 그들 두 가문은 언제나 그 자리에 있었다. 늘 무림을 영도해 왔고 더러는 구대문파보다 높은 지위를 누렸던 적도 있었다.

한데, 그런 그들이 누군가의 눈치나 살펴야 하는 처지라니? 그들 가문이 남이 던져 주는 먹잇감에 그저 감사해야 하는 입장이라니?

분노도 일지 않을 만큼의 참담함이 밀려든다. 그러나 어쩌겠는가. 그것이 현실인 것을. 지금 이 눈앞의 오만불손하고 건방지기 이를 데 없는 자가 작금 천하의 주인인 것을. 그들 가문의 생사여탈권을 거머쥔 염라대왕이고 옥황상제인 것을.

그들로서는 그저 잘 봐주십사 고개를 조아릴 수밖에 없는 것이다.

어쨌거나 그렇게 생각지 않은 지원군이 달려와 준 덕분에 한결 마음이 든든해진 루하다. 그들 덕분에 토벌대가 앞으로 잃게 될 목숨을 절반은 아낄 수가 있을 것이었다.

그로써 최후의 일전을 위한 마지막 준비가 끝났다.

"아니, 아직 하나가 남았지."

루하의 눈이 자신의 막사 안 깊은 곳으로 향했다. 거기에는 커다란 나무 궤짝 세 개가 차곡차곡 쌓여 있었다.

쿵!

새롭게 합류한 무림인들을 제외하고 각대문파들의 수장들을 불러 모은 자리에서 루하가 나무 궤짝 세 개를 내려놓자 모두가 어리둥절해한다.

"회주, 그게 무엇입니까?"

화산의 모용승이 묻자 다른 이들도 한층 더 호기심으로 눈을 빛내며 루하를 본다. 그런 그들을 보며 대답 대신 의미심장하고 어딘지 우쭐한 웃음을 흘리던 루하가 이내 궤짝 뚜껑을 열었다.

잠깐의 의아함, 잠깐의 놀람, 잠깐의 불신이 모두의 눈을 스쳐 지난다 싶기가 무섭게 그 모든 감정들을 아우르는 뜨거운 기대가 루하를 향했다.

"이게 설마……?"

"맞습니다. 금강한철로 만든 무기입니다. 바로 저희 쟁천표국에서 쓰고 있는 무기와 조금의 차이도 없는 물건들이죠."

루하의 말대로였다. 궤짝 안, 무저갱의 어둠이 이러할까 싶을 정도로 깊디깊고 탁하디탁한 묵빛의 무기들은 바로 금강한철이었다.

"이걸 왜……?"

의아히 물으면서도 그들의 눈에 들어찬 어찌할 수 없는 기대는 더욱더 강렬해진다.

그런 눈빛들을 보며 루하가 크게 고개를 끄덕였다.

"그렇습니다. 지금부터 각 문파에 여덟 자루씩을 나누어 드리겠습니다."

사실 이런 결정을 내리기까지 루하도 고민이 많았다.

손해 보는 장사를 죽기보다 싫어하는 그가 아니던가. 하지만 여기까지 오는 동안 의기로 모여드는 무림인들을 보며, 심지어 아직 검 쥐는 법조차 제대로 알지 못하는 무도

관의 수련생들까지 죽음을 불사하고 그 험로를 따라오는 것을 보며 어찌할 수 없는 막중한 책임감을 느꼈다.

그 아까운 목숨들이 덧없이 죽어 갈 것이 뻔히 눈에 보이는데 도저히 아무것도 하지 않을 수가 없었다. 그리해 무기를 만들었다. 갑옷까지 준비하기에는 시간도 여건도 되지 않아서, 그냥 오는 길에 대장간에 들러 거기에 있는 철검을 모조리 쓸어 담고 보니 대강 문파당 여덟 자루씩 돌아갈 분량이었다.

세상에 베지 못할 것이 없는 희대의 명검보도들이다.

그걸 각 문파에 여덟 자루씩이나 주겠다고 하는 것이다.

탐나지 않는 자 누가 있으랴.

명색이 각대문파의 수장들이다 보니 위신과 체면상 차마 드러내 놓고 소리를 지르지는 않았지만, 그 얼굴들은 이미 환호성을 지르고 있는 얼굴들이었다.

하지만 이어서 나온 루하의 한 마디가 그런 분위기에 찬물을 끼얹었었다.

"물론 그냥 드리겠다는 건 아닙니다. 어디까지나 이번 토벌전에 한정해서 빌려 드리는 겁니다."

당연한 일이다. 이 많은 양의 금강한철 무기가 무림으로 나오면 그만큼 쟁천표국의 특별함 하나가 사라지는 것인데, 아무리 막중한 책임감을 느끼기로서니 그렇게까지 호구 짓을 할 만큼 기분파는 아닌 것이다.

"그래도 아예 다 걷을 생각까진 없습니다. 몇 자루는 남길 생각입니다. 물론 이번 토벌 전에서 많은 공을 세우는 문파에 그 몇 자루가 돌아가게 되겠죠. 그리고 그 공이란 것은 강시 몇 구를 죽이느냐 하는 것이 아닙니다. 혼천마교 도들 목을 몇 개를 치느냐 하는 것도 아닙니다. 아시다시피 지금 이곳에 모인 칠만의 무림 동도들 중에는 의기만 높았지 정작 검 한 번 제대로 쥐어 보지 못한 사람들이 부지기수입니다. 그런 사람들을 여기 모이신 각대문파에 할당을 드릴 터이니 지키십시오. 그리해 우리 측 피해를 최소화하십시오. 혼천마교를 토벌한답시고 중원 무림의 피도 그만큼 흘리게 된다면 그게 무슨 의미가 있겠습니까? 강시고 혼천마교고 간에 내가 다 쓸어버릴 테니까 여러분들은 의기 하나로 여기까지 따라와 준 그 고마운 분들이 덧없이 쓰러지지 않게 이 무기들로 지켜 주십시오. 아무도 죽게 하지 않는 것! 그게 바로 여러분이 이번 토벌전에서 세워야 할 공입니다."

처음에는 이번 토벌전이 끝나면 무기를 회수해 가겠다는 루하의 말에 실망으로 일그러지던 얼굴들이었다. 그러다 공을 세우면 몇 자루 줄 수도 있다는 말에 다시금 기대와 탐욕을 그 눈에 담았다. 하지만, 루하가 그 어느 때보다 진

지하고 무거운 목소리로 '아무도 죽게 하지 않는 것! 그게 바로 여러분이 토벌전에서 세워야 할 공입니다.'라고 말을 끝맺었을 때, 모두의 얼굴에 들어찼던 탐욕은 거짓말처럼 사라지고 그 자리에는 막중한 사명감과 책임감만 오롯이 남았다.

그만큼 사기는 더한층 불타올랐다.

그리해 이튿날 아침, 날이 밝자마자 제갈세가와 사천당문을 앞장세운 칠만 무림인들이 천각산을 올랐다.

"뭔 놈의 안개가……."

루하가 짜증스레 눈살을 찌푸렸다.

천각산에 발을 내딛는 순간부터였다. 한 치 앞을 분간할 수 없을 정도로 짙은 안개가 끝없이 이어진다. 더구나 이미 신시(申時: 오후 세 시부터 다섯 시)가 다 되어 가고 있는 시각이라 이렇게 짙은 안개가 더더욱 이상했다. 이상할 뿐만 아니라 어딘지 익숙한 느낌이다. 어떤 기시감마저 든다.

"이거 설마……."

"미혼진이오."

루하가 채 말을 내뱉기도 전에 먼저 제갈문이 그렇게 말했다.

"역시!"

제갈문의 말에 루하가 그럴 줄 알았다는 듯 크게 고개를 주억거렸다. 그래, 지난번 북해로 가는 길에 이상한 마종 소리에 끌려 길을 잃었을 때도 이렇듯 안개가 자욱했고, 설란은 그걸 미혼진이라 했다. 그리고 그 미혼진을 설치해서 표행단을 곤란에 빠뜨렸던 것은 바로 지금 혈마동으로의 길을 안내하고 있는 저자, 제갈문이다.

"근데 이렇게 미혼진이 펼쳐져 있는데 무턱대고 가도 되는 겁니까?"

"미혼진은 이미 천각산 입구에서부터 시작되고 있었소. 우리 가문이 처음 혈마동을 발견했을 때도 이 미혼진이 있었고. 모르긴 몰라도 이백 년은 줄곧 이 상태였을 거외다. 그러니 이백 년 동안이나 혈마동이 발견되지 않았던 것 아니겠소? 허나, 겁먹을 필요는 없소이다. 이 미혼진은 위협이나 공격이 목적이 아니라 어디까지나 혈마동을 감추기 위한 것이니까."

사람을 상하게 하는 것이었다면 제갈세가가 찾아낼 때까지 이백 년 동안이나 잠잠했을 리가 없다.

"그럼 차라리 지난번에 발견했을 때 걷어 버리지 그랬습니까? 아, 아닌가. 그냥 남겨 두는 편이 제갈세가 혼자 독식하기에 더 유리했겠네."

루하의 말에 제갈문이 쓰디쓴 고소를 베어 문다.

"물론 그런 의도도 있긴 했소이다만…… 그보다 능력이 모자랐던 게 더 크외다. 창피한 노릇이지만 제갈가의 지식으로는 파훼가 불가능했소. 혈마동을 찾을 수 있었던 것도 제갈가의 모든 지식을 총 동원해서야 겨우 가능했던 거니까. 운이 많이 작용하기도 했고."

허언이나 과장이 아니라는 듯 제갈분의 표정은 상당히 의기소침해 있었다.

의외였다.

두뇌로는 중원 제일이라 일컬어지는 제갈가조차 혀를 내두를 지경의 미혼진이라니?

시야를 가득 채우고 있는 안개조차 새삼스럽게 다가온다. 그런 한편으로 그나마 제갈문이라도 같이 있는 것이 얼마나 다행인지 모른다. 제갈문이 없었다면 혈마동을 찾느라 얼마나 산을 헤매야 했을지 모르는 일이다.

그런데 어쩐 일일까?

그로부터 얼마간 더 진행을 하던 중, 제갈문이 걸음을 멈추고는 한참이 지나도록 앞으로 나가지 않고 있다.

"무슨 일입니까?"

"그게…… 원래는 여기서부터 미혼진이 끝나 있어야 하는데……."

"예?"

"전에 왔을 때는 여기가 혈마동의 입구였는데……."

"바뀐 겁니까?"

루하의 물음에 잔뜩 얼굴을 구기며 고개를 끄덕이는 제갈문이다.

"아무래도 그 사이 미혼진을 수정한 모양이외다."

놀라지 않았다. 이미 제갈세가에서 혈마동을 발견했고 칠만의 토벌대가 달려오고 있는데 그 길을 그대로 두었을 리가 없다.

"그래서요? 다시 길을 찾을 수는 있는 겁니까?"

"쉽지는 않겠으나 가능은 하리라 생각되오만, 문제는 시간이……."

"얼마나 걸리는데요? 아니, 그럴 게 아니라 그냥 여길 아예 다 부숴 버리면요?"

"진법이라는 것이 물리력과는 상극인 법이오. 자칫 잘못 건드렸다가는 생진(生陳)도 사진(死陳)이 되어 더 큰 위험을 초래할 수 있소이다."

"그렇다고 기약도 없이 마냥 이대로 있을 수는 없지 않습니까?"

루하가 그렇게 답답해할 때였다.

끼아아아아─

마치 귀곡성과도 같은 날카로운 괴성이 난데없이 귀를

찢을 듯이 파고든다 싶은 순간, 뿌옇게 가려진 시야 속으로 저 멀리서부터 시커먼 그림자들이 맹렬히 달려드는 것이 눈에 들어왔다. 그때 누군가 다급히 외쳤다.

"가, 강시다! 강시가 나타났다!"

그랬다. 회색 동공에 이지를 상실한 눈, 짐승처럼 사납게 드러난 이빨, 그리고 그 특유의 음산한 분위기까지……. 그건 분명 강시였다.

'결국 놈들이 먼저 선수를 친 건가?'

당황하지 않았다. 대륙 각지의 강시가 혈마동으로 집결하고 있다는 정보가 있었으니, 당연히 강시를 이용한 공격도 예상했던 바였다.

"겁먹을 거 없습니다! 준비한 대로 대열을 갖추세요!"

루하의 한마디에 금강한철 갑옷으로 무장한 쟁천표국의 무사들이 가장 앞에서 방어진을 치고 그 뒤를 북해빙궁이, 그리고 루하로부터 여덟 자루씩의 무기를 건네받은 구대문파가 무림인들을 삼중으로 보호했다. 거기에 더해서 자성이 만일을 대비하는 것으로 모든 대열이 완벽하게 정비된 그 순간이었다.

루하와 연화가 강시를 맞아 앞으로 튀어나갔다. 그리고 이미 그때는 루하의 주먹이 가장 앞에서 달려들고 있는 강시의 가슴을 강타하고 있었다.

쾅!

"끼아악!"

정말이지 듣기 싫은 비명이었다.

'원래 이것들이 이런 비명 소리를 냈나?'

절로 눈살이 찌푸려질 정도로 듣기 싫은 그 비명이 왠지 낯설었다. 아니, 단지 비명만이 아니다. 강시의 내단을 먹은 후로 강시를 마주할 때면 깊은 곳에서부터 울려 대던 공명 같은 것이 지금은 없었다. 게다가 너무 약하다. 어차피 초기 단계의 강시야 이제 한주먹거리도 되지 않는다지만, 그렇다고 하기에도 떼거리로 몰려드는 강시들은 너무 허약했다. 오죽하면 주먹에 닿는 감촉이 공허하게 느껴질 정도겠는가.

'설마……'

불현듯 스쳐 가는 불길함.

'이것들 혹시 가짜 아냐?'

진짜 강시가 아니다. 아니, 적어도 최강의 강시라는 환혼혈강시와는 분명 다른 종자였다.

그렇다면 진짜 강시는?

진짜 강시는 어디에 두고 가짜 강시를 내보낸 것일까?

"함정?"

그 순간 떠올릴 수 있는 것은 그것밖에 없었다.

무슨 함정인지는 모르겠지만 함정임을 인식한 순간 마음에 찬바람이 불어 급히 고개를 돌렸다. 무림인들에게 이것이 함정임을 알리는 게 급하다 생각해서였다. 하지만,

　'뭐, 뭐야?'

　아무도 없다.

　어떻게 된 영문인지 당연히 그 자리에 있어야 할 무림인들이 한 명도 보이지 않았다. 더 황당한 노릇은 조금 전까지 떼거리로 달려들던 강시들마저 그 순간 마치 원래 그 자리에 없었던 것처럼 감쪽같이 사라져 버렸다는 것이다.

　그야말로 귀신이 곡할 노릇에 모골이 다 송연해져 오는 그때였다.

　"크르르……."

　짙었던 안개가 서서히 걷히며 새로운 인형 두 개가 나타났다.

　강시였다.

　물론 이번엔 그 짐승의 울음소리가 낮익다. 깊은 곳에서 울려 대는 공명도 익숙하다. 그리고…… 지금 그의 앞에서 사나운 이빨을 드러내며 회색 안광을 번득이는 강시들은 강했다. 조금 전의 가짜 강시와는 비교도 안 될 만큼. 심지어 초기 단계의 강시보다도, 진화 강시보다도 훨씬 더 강렬한 기운을 뿜어내고 있다.

'이것들은 대체 이런 놈들을 얼마나 더 뽑아낼 수 있는 거야?'

하지만 함정임을 인식했을 때보다는 마음이 놓인다.

초기 단계의 강시나 진화 강시보다 강하다고 해도 벽우에 비할 바는 아닐 것이다. 이곳으로 오기 전 팔공산 마천루에서 만났던 그 정체 모를 강시에 비할 바도 아닐 것이다. 무엇보다 뭔지 모르게 어설프다. 어딘지 억지스럽다고 할지 부조화스럽다고 할지…….

뭐랄까? 마치 일곱 살 어린 아이가 희대의 보검을 들고 있는 느낌이랄까?

힘만 잔뜩 강해진 초기 단계의 강시 같은 느낌이랄까?

'그래. 딱 그러네.'

가슴에 울리는 공명도 딱 초기 단계의 강시를 만났을 때 느껴지는 것과 같았다.

'이것들 설마…… 지들끼리 또 잡아먹은 거야?'

보통은 진화 강시가 완전한 재생을 이루기 위한 과정이자 본능으로 다른 강시를 잡아먹는다. 지금껏 초기 단계의 강시끼리 먹고 먹히는 것은 본 적이 없다. 하지만 본 적이 없다고 해서 가능하지 않다고 단정할 수는 없는 일이다.

정말로 저 두 강시가 초기 단계의 강시끼리 먹고 먹힌 거라면?

만일 그게 사실이라면 저들의 탄생 비화야 뻔했다.

'그러니까 강시들을 여기로 불러 모은 게 그것들로 우리를 상대하게 하려고 했던 게 아니라 이 둘을 만들려고 그랬던 거야?'

설란의 말에 따르면 정확히 서른 구, 아니, 파악된 것만 서른 구였다. 파악되지 않은 강시가 적어도 여섯 구는 더 될 거라 했으니 최소 서른여섯 구다. 그 서른여섯 구의 강시가 서로 먹고 먹힌 끝에 저 두 구의 강시가 남게 된 것이다. 그리고 그렇다는 것은 비록 어설프고 부조화스럽다고는 해도 그 힘만큼은 진짜라는 것이다.

벽우야 차치하고, 연화조차 내단을 취한 것이 여덟 구라고 했다. 재생을 완성하기 위해 진화 강시가 취할 수 있는 양이 대개 여섯 구 정도라고 했다. 그런데 만일 이곳에서 그가 짐작하는 대로의 상황이 벌어졌다면, 그리해 저 두 강시만이 남게 되었다면 저 두 강시는 각기 열다섯 개 이상의 내단을 취했다는 뜻이었다.

'진화 강시도 한계치를 초과하면 위험하다고 했는데, 초기 단계의 강시가 그렇게나 많이 처먹어도 괜찮은 거야?'

아니, 괜찮지는 않은 모양이다.

안개가 완전히 다 걷히고 그리해 명확히 드러나는 두 강시의 얼굴은 정말이지 엉망이었다. 혈관이란 혈관은 비정

상적으로 툭 불거져 나와 언제 터질지 모를 만큼 아슬아슬
했고, 얼굴 가죽들도 마치 촛농 녹듯 그렇게 녹아서 뚝뚝
떨어지고 있었다. 흉측하다 못해 끔찍하기까지 한 몰골에
도 루하는 고개를 돌려 외면하지도, 눈살을 찌푸리지도 못
했다.

사납게 번득이는 두 강시의 회색 동공에 들어찬 고통을
읽었기 때문이었다.

고통스러워하고 있었다.

살육 본능밖에 남지 않은 강시가 감당할 수 없는 고통에
소리 없는 비명을 질러 대고 있었다.

지금 이 순간 루하가 느끼는 감정은 동정이었다. 그리고
미친 듯이 끓어오르는 분노였다. 그리고 그 분노는 강시들
을 이렇게 만든 혼천마교를 향한다.

'이 개자식들이!'

아무리 죽여 없애야 할 강시라지만, 그리고 태생부터가
동족상잔의 바탕 위에 생존을 구해야 하는 것이 그들 일족
의 숙명이라지만.

"투견장 개도 아니고, 이게 무슨 개 같은 짓이냐고!"

第三章

내가 너 반드시 살려!

그의 안에 남아 있는 강시의 내단 때문에 어떤 동질감이
라도 느끼는 것일까?

아니면 비인간적이고 비윤리적인 혼천마교의 작태에 그
저 인간적으로 화가 나는 것일까?

정말이지 가슴 저 밑바닥에서부터 지금껏 느껴 본 적이
없는 진하디진한 살기가 끓어오른다.

혼천마교의 본분이라는 것이 그들 일족을 받드는 것이
아니었던가?

온갖 악행과 살인을 일삼던 그간의 행태에도 불구하고
그래도 이백 년을 지켜 온 그 맹목적인 충정 하나만큼은 높

이 샀건만, 지금 저건 대체 뭐란 말인가?

무슨 충정이, 어떤 충의가 주인을 개처럼 사육하고 부린단 말인가?

충도 의도 버렸다.

사람이고자 함도 포기했다.

"개자식들! 이 순간부터 그것들 사람 취급하면 내가 사람이 아니다!"

그렇게 혼천마교를 향해 이를 빠드득 갈아 보지만 지금은 혼천마교를 생각할 때가 아니었다.

"크아앙!"

혈관이 터지고 살이 녹아내리는 고통마저도 살육을 향한 본능은 어찌하지 못하는지, 두 강시가 그를 향해 달려들고 있는 것이다.

싸울 마음이 나지 않는다.

혼천마교에 대한 분노와는 반대로 한번 느껴 버린 안타까움과 동정이 전의를 억누른다.

하지만 그렇게 물렁한 마음으로 싸울 수 있는 상대가 아니었다.

강시 하나가 날린 주먹이 그의 몸에 닿기도 전에 권풍이 먼저 날아와 덮쳤고 급히 권풍을 막기 위해 교차한 양손 위로,

쾅!

엄청난 강기가 태산처럼 무겁게, 한겨울 삭풍처럼 매섭
게 박혀 들었다.

"큭!"

그 충격을 이기지 못하고 짤막한 신음을 토하며 튕겨져
가는 루하다. 그리고 그 뒤를 다시 다른 강시가 쫓아오며
그의 심장을 뜯어 버리기라도 할 듯이 날카롭게 세운 손톱
으로 가슴을 찔러 온다.

'이런!'

그 와중에도 다급히 몸을 비틀어 응조수를 피하는 루하
다. 하지만 강시의 응조수는 그렇게 간단히 루하를 놓아 주
지 않았다. 루하가 몸을 비틀어 피하자 관절이 있는 사람의
팔이라면 도저히 꺾일 수 없는 각도로 꺾이더니 이번엔 루
하의 목덜미를 파고들어 왔다.

급격히 허리를 꺾었다.

서걱—

목덜미를 노리고 파고드는 응조수가 아슬아슬하게 옷깃
을 스치며 귓불을 훑고 지난다.

그 틈에 재빨리 몸을 물려 강시의 간격에서 벗어난 루하
는 가슴에 찬바람이 부는 것을 느꼈다. 그런 한편으로 자책
도 한다.

'나 참! 내가 지금 뭐하고 있는 거야?'

누굴 동정하고 누굴 안타까워한다는 말인가?

그래 봤자 강시다.

만들어지는 과정이 어떠했든, 지금 받고 있는 고통이 어떠하든 그만큼 강하다.

죽이지 않으면 죽는다.

무엇보다 지금 루하에겐 시간이 그리 많지가 않았다.

무림인들이 어떻게 되었는지 모른다. 지금 이 순간에도 어떤 위험을 맞고 있는지 모른다. 더구나 조금 전 갑자기 사라진 가짜 강시들이 무림인들을 공격하고 있다면? 비록 환혼혈강시는 아니라 해도 무림인들에겐 충분히 위협이 될 만큼 강했고, 그 숫자 또한 얼마나 될지 모르는 일이었다.

무엇보다 벽우가 남아 있었다.

혼천마교에서 각개격파를 목적으로 벽우를 무림인들에게 풀어 놓기라도 한다면 지금의 자성으로서는 감당하지 못한다. 최악의 경우는 그야말로 칠만의 무림인이 떼죽음을 당할 수도 있었다.

시간이 없다.

앞을 막는 건 그것이 무엇이 되었든 주저 없이 부수고 나가야 했다.

그리해 루하는 그 순간에도 자신을 향해 넘쳐들고 있는

주먹을 즉시 맞받아쳤다.

주먹이 닿기도 전에 권풍과 권풍이, 강기와 강기가 충돌하고,

콰콰콰콰!

천지를 뒤흔드는 듯한 후폭풍이 먼지바람이 되어 사방으로 퍼진다.

"큭!"

다시 짤막한 신음을 토하며 여섯 걸음을 뒤로 물리는 루하다.

그건 강시도 마찬가지였다. 쿵쿵거리며 정확히 여섯 걸음을 물러난다.

그 모습을 보며 절로 혀를 내두르는 루하다.

'이거…… 힘으로는 안 된다는 건가?'

심지어 팔목에 차고 있는 환혼단으로 인해 내단의 기운과 조화지기가 최고조인 상태인데도 우위를 점하지 못했다.

짐작했던 것보다 더 강하다.

하지만 기가 꺾일 정도는 아니다. 무엇보다 그에겐 최고의 기예인 파운삼십육권과 세상 무엇이든 벨 수 있는 최고의 검이 있으니까.

그런데 그때였다.

이번엔 그가 먼저 강시들을 향해 몸을 날리려는 그때,

딸랑— 딸랑—

난데없는 방울 소리가 귀를 파고든다.

'뭐야, 이건?'

눈살을 찌푸리는 루하다.

단순한 방울 소리가 아니다. 이 비슷한 소리를 전에 한번 들은 적이 있었다.

'마종?'

북해빙궁으로 가는 길에 걸렸던 미혼진에서도 이런 종소 리가 울렸다. 귀가 아니라 뇌 속을 울려 대는 것 같은 느낌 도 비슷하다. 그러나 마종과는 다르다. 그것은 마종보다 훨 씬 더 큰 울림이었다.

그리고 마종은 그의 정신을 잠시 미혹시키기 위한 것에 불과했지만 지금 울리는 방울 소리는 강시들에게 작용하고 있었다.

"크르르르……."

강시들의 눈빛이 변하고 있었다.

소리 없는 비명을 질러대며 고통으로 일그러졌던 눈 속 에서 차츰 고통이 사라지고 그 위를 핏빛 살광이 덮는다.

그랬다.

난데없이 들려오는 저 방울 소리는 강시들의 광기와 살

육의 본능을 부추기고 있었다. 한데, 그건 비단 강시들만이
아니었다.

그 방울 소리에 가슴 저 밑바닥에서부터 스멀스멀 뭔가
가 끓어오른다.

분노인 것도 같고 살의인 것도 같다. 하지만 그건 조금
전 혼천마교를 향해 느꼈던 것과는 본질적으로 다른 것이
었다.

누군가를 향한 것이 아니다.

대상 없는 분노였고 살의였다. 마치 피에 새겨져 있는,
뼛속 깊이, 뇌리 깊이 박혀 있는 어떤 본능 같은⋯⋯.

부수고 싶다.

아무거나 닥치는 대로 파괴하고 싶다.

'나 왜 이래?'

그나마 강시와는 달리 이성은 남아 있었지만 그 이성마
저도 들끓는 격정에 아득해지는 느낌이었다. 그리고 그런
격정에 공명하듯 몸속의 기가 요동친다. 정확히는 내단의
기운이다. 마치 환혼단을 처음 만졌을 때처럼, 아니, 오히
려 그때보다 더 격렬해지고 과격해진다.

그 같은 갑작스러운 변화에 조화지기가 급히 내단의 기
운을 제어해 보려 하지만 힘에 밀린다. 통제가 되지 않는
다.

'이거 왜 이러냐고!'

자신의 변화에 덜컥 겁이 난다. 그도 그럴 것이, 그 순간 뇌리에 마치 각인되듯 깊이 새겨지는 두 글자가 있었다.

폭주(暴走).

강시의 폭주라는 것이 이런 것이 아닌가 싶었다. 그 전조가 바로 이런 증상이 아닌가 싶었다.

'그러니까 지금 내가 폭주 강시가 되고 있는 거라고?'

정말이지 생각만으로 끔찍하다.

그가 그렇게 황당하다 못해 망연자실할 정도로 놀라고 있는 사이, 이미 시뻘건 혈광으로 눈을 물들인 강시들이 그를 향해 달려들기 시작했다.

아니나 다를까, 달려드는 속도부터가 지금까지와는 차원이 다르다. 폭주 상태로 접어들었다는 걸 증명이라도 하듯이 더한층 강렬한 기세를 뿜어낸다.

"젠장!"

맞붙을 수 없다. 가뜩이나 힘의 우위를 점하지 못한 터에 폭주까지 해 버린 강시들을 무슨 수로 상대한단 말인가? 게다가 여기서 힘을 썼다가는 그마저 폭주를 해 버릴지도 모르는 일이다.

전날 자성이 얘기했던, 아직은 새로운 힘이 완전히 그의 것이 아니라는, 무리하게 힘을 쓰려 하다가는 자칫 그 힘에 그가 먼저 먹혀 버릴지도 모른다는 그 말이 이제야 확실하게 이해가 간다.

이 상태로 무리하게 힘을 쓰다가는 정말로 그 힘에 먹혀 버릴 것만 같았다.

그리해 도망쳤다.

방울 소리가 들리지 않는 곳까지.

끝장을 보더라도 방울 소리가 없는 곳에서 끝장을 보려는 심산이었다. 그런데,

'왜 안 없어져? 왜 안 없어지냐고!'

한참을 내달렸는데도, 거리상으로 보면 수백 리는 달린 것 같은데도 방울 소리가 사라지지 않는다. 약해지지도, 멀어지지도 않는다. 마치 그림자에 달라붙어 있기라도 하듯이.

아니다. 그것과는 느낌이 조금 다르다. 이건 방울이 따라붙고 있는 것이 아니라 마치 그가 제자리걸음을 하고 있는 듯한 느낌이었다. 그게 아니라면 이미 한참 전에 천각산을 벗어나도 벗어났을 것이다.

'미혼진?'

그러고 보니 미혼진에 갇혔다. 천각산 전체가 진법으로

덮여 있다고 하지 않았던가?

미혼진 때문에 제자리걸음을 하고 있는 거라면 아무리 도망쳐 봐야 소용이 없다.

'부처님 손바닥 안의 원숭이도 아니고…….'

현실을 인지하고 나니 맥이 다 빠진다.

살려고 발버둥치는 자신의 모양새를 보며 어딘가에서 비웃어 대고 있을 혼천마교도들을 생각하니 비참할 정도였다.

'이거 명색이 천하제일인의 체면이 말이 아니잖아.'

더 이상의 굴욕은 사양이다.

결국 도주를 포기하고 걸음을 멈췄다.

그런 루하의 시야에 당장이라도 그를 갈아 마실 듯이 덮쳐들고 있는 강시들이 보였다.

싸울 수밖에 없다. 그렇다고 같이 폭주하고 싶지는 않다. 그 순간 루하가 택한 것은,

툭—

손목의 환혼단 팔찌를 버리는 것이었다.

환혼단이 없으면 내단의 기운은 현저히 약해진다. 그렇게 약해진 기운이라면 아무리 날뛰어도 조화지기가 얼마간은 통제할 수 있을 것이다.

예상대로였다. 환혼단을 버리자 내단의 기운에 눌려 있

던 조화지기가 다시 그의 몸을 지배하기 시작했다.

하지만 문제는 지금부터였다.

환혼단이 없는 지금, 현저히 약해진 상태로 두 폭주 강시를 감당할 수 있을 리가 없었다.

루하는 이를 악물었다.

모든 것이 불리해져 버린 상황에서 그가 기댈 수 있는 것은 간격의 이점이었다. 그리고 그 간격의 이점을 만들어 줄수 있는 것은 파운삼십육권뿐이었다.

"개천신륜광(蓋天神輪光)."

개천신륜광을 시작으로 두 강시를 향해 폭풍우처럼 퍼부어지는 파운삼십육권이다.

콰콰콰콰콰콰콰콰!

파천(破天)!

능히 천하를 부술 수 있는 힘이었다. 그런데도 지금 두 폭주 강시를 상대로는 그들의 걸음을 멈추는 것이 고작이었다. 그것도 그 파천의 힘을 숨 쉴 틈도 없이 퍼부어서야 겨우. 그마저도 미세하게나마 그 간격이 좁혀지고 있었다.

이대로는 안 된다. 뭔가 다른 대책을 찾아야 하는데 마땅한 방법이 떠오르지 않는다.

'젠장!'

암담하다. 가뜩이나 눈앞이 아득한데,

툭툭—

'비는 왜 오고 지랄이야!'

하늘은 어느새 먹구름이다.

마치 그의 최후를 애도라도 하는 것처럼.

'아니, 그보다……'

몇백 리를 달려도 제자리걸음이던 미혼진이다. 세상 모든 것에서 단절되어 버린 듯한 느낌이더니 그래도 내리는 비마저 어찌하지는 못하는 모양이다. 그러고 보니 살갗에 닿는 바람도 익숙하다.

모든 것이 작위적이고 인공적인 이 미혼진 속이기에 그 익숙한 것들이 오히려 더 선명하다.

스치듯 살갗을 쓸어 가는 바람이 친숙하다.

쉴 틈 없이 내지르는 주먹 위로 한 방울 한 방울 톡톡 때리는 빗줄기가 정겹다.

뭘까, 이 느낌은?

이 다급한 와중에, 이 치열한 와중에 어울리지 않게도 이 차분함은 대체 뭘까?

변하고 있다.

그가, 그가 보고 있는 것들이, 느끼고 있는 것들이……
시야에 닿는 모든 것들이 지금까지와는 전혀 다른 느낌으로 다가오고 있었다.

이 느낌…… 낯설지 않다.

감싸듯 두드리는 빗방울도, 젖은 대지에서 풍기는 냄새도, 기분 좋게 스쳐 가는 물기 머금은 바람도…….

늘 듣던 것들, 보던 것들, 맡던 것들이 새롭게 다가오는 이 느낌은 공령지체를 이루었던 날 이미 한 번 경험했다.

하지만 그때와 비슷하면서도 분명히 다르다.

그때보다 훨씬 더 진하다. 훨씬 더 선명하고, 훨씬 더 강렬하다.

그때는 그 모든 새로움의 관조자가 되었다면 지금은 마치 그 모든 것들과 하나가 되는 것 같은 일체감이다. 아니, 그건 차라리 통제라고 하는 것이 맞을 것 같다.

그렇게 루하가 그 기이한 감각에 주춤하는 사이, 강시들은 이미 지척에까지 이르러 그에게 살수를 뻗어 내고 있었다.

그런데,

'이런!'

아차 하며 막아야 한다고 생각한 그 순간이었다.

늘 그렇듯 본능적으로, 또한 습관적으로 금의 기운을 끌어올리는 그 순간 그의 몸이 아니라 그에게 퍼부어지고 있는 빗줄기들이 검게 변하며 두터운 막을 형성하는 것이 아닌가?

까앙!

심지어 덮쳐드는 권풍과 응조수의 날카로운 손톱이 그 검은 막에 부딪쳐 튕겨 나간다.

"어?"

강시들이 뒤로 물러나며 비틀거리자 얼떨떨한 순간에도,

'기회다!'

절호의 기회라는 생각이 먼저 떠오른다. 그런데 이번에도 그의 몸이, 주먹이 먼저 나가기도 전에, 의지가 먼저 강시 하나에게 이른 그 순간 떨어지는 빗줄기들이 하나하나가 더없이 날카로운 비수가 되어 내리꽂힌다.

콰콰콰콰콰콰콰!

그야말로 수천수만 개의 칼이 강시를 난타하고 있었다.

금강석보다도 단단한 강시의 몸이건만 수천수만 개의 칼날 앞에서는 살점이 떨어지고 뼈가 드러난다.

"크아아악!"

비명을 토하며 도망쳐 보려 하지만 소용없었다. 이미 그때는 몸이 찢기고 뭉개져 걸음조차 내디딜 수가 없었으니까. 그리고 그 한바탕의 검우(劍雨)가 그쳤을 때는 이미 강시의 몸은 흔적조차 남지 않은 채 완벽하게 무로 돌아가 있었다.

"……."

루하로서는 어안이 벙벙할 뿐이다.

대체 이게 어떻게 된 건지, 분명 자신이 한 일인데도 뭐가 뭔지, 도무지 얼떨떨하기만 하다.

"크아앙!"

그런 중에도 남은 강시 하나가 살육 본능을 그대로 드러내며 루하를 덮쳐온다.

루하는 조금 전의 감각을 다시 한 번 떠올리며 금의 기운을 움직였다. 하지만 비의 강막은 만들어지지 않았다.

쾅!

고작 강시의 손톱이 닿는 부위만 검게 변했을 뿐이었다. 그로 인해,

"큭!"

짧은 신음을 토하며 튕겨져 나가는 루하다. 그 뒤를 강시가 벼락같이 달려든다.

순간, 루하가 다시 한 번 조금 전의 감각을 떠올리며 비에 의지를 실었다. 하지만 빗줄기는 그저 강시의 옷만 적실 뿐 아까와 같은 수천수만 개의 칼로는 변하지 않았다.

'젠장! 왜 안 변해!'

아까 그건 대체 뭐였던 것일까?

덕분에 위기가 커졌다. 강시가 이미 코앞까지 이르렀다.

"뇌성폭류하(雷聲瀑流河)!"

다급히 파운삼십육권을 펼쳐 보지만 그마저도 무시하며 응조수를 뻗어온다.

그야말로 동귀어진을 각오한 공격이다. 이대로는 양패구상을 면하지 못할 위기. 어느 쪽이 더 큰 손해를 보든 간에 양쪽 모두 치명타를 입을 수밖에 없는 절체절명의 상황이었다.

'대체 왜 안 변한 거냐고!'

찰나의 순간에도 괜히 억울해서 분통을 터트리는 루하다.

그때였다.

돌연 무언가 희끗한 것이 그의 앞을 막아선다 싶은 순간,

콰앙!"

산야를 쩌렁 울리는 폭음과 함께 루하를 향해 덮쳐들던 강시가 '크헝!' 고통에 찬 울음소리를 내며 뒤로 주르륵 미끄러져 나간다.

"……."

루하의 앞을 막으며 강시를 밀어낸 희끗한 그림자가 고개를 돌려 그에게 묻는다.

"괜찮아?"

순간 이보다 더 반가울 수가 없는 얼굴이 되는 루하다.

그도 그럴 것이, 그를 향해 걱정스러운 얼굴을 하고 있는

것은 다름 아닌 연화였던 것이다.

"어떻게 된 거야? 어디에 있었던 거야?"

"잠깐만."

루하의 물음을 그렇게 간단히 끊은 연화가 빛살처럼 한 줄기 잔영을 남기며 어딘가로 쏘아져 간다. 그 끝에는 강시가 있었다.

"크아앙!"

주르륵 미끄러져 나갔던 강시도 금세 신형을 바로잡고는 이 난데없는 훼방꾼을 향해 맹렬히 돌진한다. 이윽고,

쾅! 콰콰콰쾅!

격돌했다.

광풍이 몰아치고 천지가 흔들린다.

어느 쪽의 우위를 말하기도 힘들 만큼 치열한 공방이 이어진다.

그 광경을 보는 루하는 충격적일 만큼 놀라고 있었다.

'쟤가 저렇게 강했나?'

물론 천중산에서 그녀를 다시 만났을 때의 그 공포스러울 정도의 강함이 아직도 뇌리에 생생했지만, 그리고 그 다음의 재회에서도 한층 더 강해진 그녀의 모습에 혀를 내두르긴 했지만, 언젠가부터 그녀는 더 이상 두려운 존재가 아니게 되었다.

벽우나 자성은 고사하고 재생 괴물 하나를 상대하는 것
조차 벅차하던 연화가 아니던가? 그런데, 지금 재생 괴물
보다 월등히 강한 저 강시를 거뜬히 상대해 내고 있었다.
심지어 점차 공격의 빈도를 높여 가고 있기까지 했다.

지금의 연화라면 당장 벽우가 나타난다고 해도 간단히
밀리지 않을 정도였다.

'대체 쟤한테 무슨 일이 있었던 거야?'

그녀가 강해졌다는 것은 물론 좋은 일이긴 했다. 하지만
마냥 환호하고 좋아할 수만은 없는 것이, 전날 보았던 그
녀의 어딘가 껄끄럽고 처연했던 분위기가 떠오르며 불안이
밀려들었기 때문이다.

분명 뭔가 그가 알지 못하는 일이 그녀에게 있었던 것이
틀림없다.

루하가 그렇게 불안한 마음으로 보고 있는 중에도 한 번
승기를 잡은 연화의 소수는 사방을 한기로 뒤덮으며 강시
를 몰아쳤고,

"끄으으으……."

끝내 강시의 심장에서 내단을 꺼내어 으스러뜨려 버렸
다.

그렇게 무너지는 강시에게 잠시 복잡한 눈빛을 던지던
연화가 이내 냉정히 몸을 돌려서는 루하에게로 다가온다.

그리고 살피듯 루하를 훑어본다.

보일 듯 말 듯 미세한 안도가 두 눈을 스쳐 간다.

그 작은 안도가 더 감동스러운 루하다. 가슴이 다 뭉클해 올 지경이다. 하지만 감상은 잠깐이다.

"야, 너……."

연화를 보는 루하가 기겁하며 놀란다.

"너 얼굴이 왜 이래?"

소수처럼 투명하다. 소수만큼은 아니라도 원래가 백옥처럼 하얀 피부였지만, 지금은 말 그대로 소수처럼 투명했다. 그 안의 혈관이 다 비쳐 보일 정도로. 아니, 혈관이 아니다. 그것은 깨질듯 금이 간 균열이었다.

연화는 그런 스스로의 얼굴을 이미 알고 있는 모양이었다.

그 투명하고 아슬아슬한 얼굴로 입가에 쓴웃음을 머금는다.

"얼굴이 왜 그러냐니까!"

답답한 마음에 언성이 커진다.

"그냥…… 한계점이 와 버린 거지."

담담히 흘러나오는 말.

"한계점이라니? 그게 무슨 말이야? 혹시…… 내단을 더 먹기라도 한 거야?"

그렇지 않고서는 조금 전 그녀의 강함을 설명할 방법이 없다.

아니나 다를까, 고개를 끄덕이는 연화다.

"네 개를 더 취했지."

"대체 왜? 설마 벽우 때문에? 날 도우려고?"

"맞아. 그 전 상태로는 전혀 도움이 되질 않았으니까."

"야! 아무리 그래도 그렇지, 그렇게까지⋯⋯."

고맙기는 했지만 그 전에 화부터 나는 루하다. 그런 루하의 말을 연화가 끊었다.

"어차피 한계점은 올 거였어. 시간의 문제일 뿐이었지. 소멸은⋯⋯ 피할 수 없는 거니까. 어차피 소멸할 거라면 시간을 좀 앞당기더라도 너한테 도움이 되는 게 낫겠다 생각한 거고."

"대체 왜? 우형은 아무렇지 않잖아? 재생을 완성한 강시들은 완전한 생명을 얻는 거라며? 멀쩡히 살 수 있다며? 근데 왜 너만⋯⋯?"

"난 재생을 완성한 게 아니니까. 스스로 되살아난 것도 아니고. 너한테 받은 조화지기가 그저 잠시 그런 효능을 만들어 낸 것뿐이지."

정말이지 잠깐의 효능이었다. 그리고 그 효능이 어느 순간 사라져 가고 있었다. 몸은 이미 시간 속을 살고 있는데 그 존재는 죽은 자로 돌아가고 있었다. 그 괴리의 끝은 결국 소멸일 수밖에 없다.

그걸 알기에 이 마지막 싸움을 위해, 루하를 위해 남은 시간을 모두 써 버리기로 한 것이다.

그것이 단지 조화지기로 인한 귀소 본능 때문이든 어쨌든, 그 사이 만들어진 그들 사이의 우정 때문이든 아니면 다른 무엇 때문이든 간에.

"혹시 조화지기가 부족해서 그런 거면 더 넣어 줄게. 아니, 아예 이참에 환골탈태라도 시켜 버리면 되잖아?"

"안 돼. 이건 보다 본질적이고 근원적인 문제니까. 그리고…… 지금은 더 급한 일이 있잖아. 무림인들을 찾아야지."

무거워지는 분위기에 연화가 화제를 돌린다.

할 말을 찾지 못할 정도의 충격과 가슴이 꽉 막히는 먹먹함에 여전히 연화에게서 눈을 떼지 못하는 루하다.

"내가…… 내가! 너 반드시 살려!"

"알았어."

"진짜야! 내가 너 반드시 살릴 테니까……."

"알았어."

"진짜라니까!"

루하가 버럭 소리를 지르자 영혼 없는 대답만 하던 연화가 그제야 루하를 똑바로 마주한다. 그리고 지금까지와는 다른, 진지한 눈빛과 진지한 목소리로 대답했다.

"알았어. 살려줘. 이대로 사라지는 건 나도 싫으니까. 아 직…… 남은 미련이 있으니까."

"좋아! 나만 믿으라고!"

가슴을 탕탕 두드리고 결의까지 내비치는 루하를 보며 순각 착각일까 싶게 연화의 입가에 미소가 스쳤다. 지금껏 단 한 번도 본 적이 없는 미소였다. 비록 핏빛 균열이 가 있 는 얼굴이지만, 오히려 그래서 더 인세의 것 같지 않은 아 름다움이 있어 상황에 어울리지 않게도 넋까지 잃고 보는 루하다.

하지만 그건 잠깐이었다. 찰나 간에 미소를 지운 연화가 다시금 화제를 돌렸다.

"그럼 이제 무림인들을 찾아."

"어…… 그, 그래."

연화의 그 말에 비로소 현실을 인식하고는 어정쩡하게 대답하던 루하가 불현듯 떠오른 생각에 난감한 표정을 했 다.

"근데 어떻게 찾아? 지금 우린 미혼진에 걸려 있다고. 무림인들을 찾는 건 고사하고 여기를 벗어나는 것부터가 쉽지가 않을걸?"

그러고 보니 아직 방울 소리도 그대로다.

"어? 근데 넌 왜 저 소리에도 말짱해?"

"저건 소혼령이야. 재생을 완성하지 않은 강시를 통제하기 위해 만든 거야. 재생을 완성한 자는 그들이 부릴 수도, 부려서도 안 되는 존재지."

그러고 보면 그가 먹은 내단도 초기 단계와 진화 강시의 것이었지 재생을 완성한 자의 것은 아니었다.

"그리고 무림인들을 찾는 건 몰라도 이 미혼진을 벗어나는 건 어렵지 않아."

"……?"

"여긴 내가 마지막으로 잠들었던 곳이니까. 여기에 설치된 미혼진도 당연히 잘 알고 있고."

"뭐야, 그럼? 애초에 제갈세가의 도움 따위 안 받아도 됐던 거잖아?"

어쨌거나 잘됐다.

이곳에 대해 빠삭하다면 무림인들을 찾는 것도 한결 수월할 터였다.

"아차차! 그 전에 그거부터 찾아야 하는데…….."

루하가 문득 생각났다는 듯 주위를 두리번거렸다.

"그거라니?"

"환혼단. 아까 분명 여기 어디에 벗어 뒀는데…….."

…….

없다.

어떻게 된 건지 한참을 뒤져도 보이지 않는다.

"뭐야? 왜 없어? 발이 달린 것도 아닌데…… 대체 어디로 간 거야?"

이 무슨 귀신이 곡할 노릇일까?

조금 전 벗어 둔 환혼단이 감쪽같이 사라져 버린 것이다.

第四章

그냥 문득 그러고 싶어져서

"환혼단이 어찌……."

태사로 이찬은 수하가 내민 환혼단을 보며 얼굴을 구겼
다.

환혼단이 삼절표랑의 손에 들어가 있을 거라는 것은 이
미 예상했다. 지하 석실에 금제되어 있던 천인들이 갑자기
깨어난 것도, 그 후 환혼단이 사라진 것도 이해할 수 없는
일들이었기에 침입자를 의심하는 거야 당연했다. 그리고
만일 침입자가 있었다면, 그곳을 몰래 잠입해 세 명의 천인
을 깨우고 그 와중에 환혼단을 훔쳐 유유히 달아날 수 있는
존재는 삼절표랑뿐이다.

그러한 의심에 확신을 준 것이 무림인들의 습격이었다. 그건 곧 팔공산이 그들의 근거지라는 사실을 삼절표랑이 알고 있었다는 뜻이니까.

그래서 마지막 천인들과의 싸움이 끝나면, 그리고 짐작 대로 삼절표랑이 환혼단을 가지고 있다면 다시 회수할 계 획으로 수하를 대기시켜 두었다. 하지만 그가 예상치 못한 게 있었다. 삼절표랑이 강시의 내단을 먹었다는 것을 알지 못했고, 그래서 천인들을 흥분시켜 그 힘을 증폭시키려 했 던 소혼령이 삼절표랑에게도 영향을 미치게 될 거라고도 생각을 못 했다. 그러니 그 바람에 삼절표랑이 스스로 환혼 단을 몸에서 떼어낸 건 그에게는 실로 행운이 아닐 수 없었 다.

비록 남은 천인들을 모두 제물로 바쳐 만든 마지막 천인 들마저 그렇게 잃게 된 것은 충격적이고 뼈아픈 손실이지 만, 환혼단을 다시 찾아온 것만으로도 그 희생은 충분한 가 치가 있었다.

그런데, 그렇게 큰 대가를 치르고 다시 되찾은 환혼단이 이상하다.

세상의 모든 사기를 응집시켜 만든 환혼단에서 눈곱만큼 의 사기도 느껴지지 않는다.

"대체 이게 어찌 된 것이냐?"

회수해 온 수하에게 묻는다.

"삼절표랑이 팔목에 차고 있을 때부터 저런 상태였습니다."

수하에게 물어보지만 수하라고 알 리가 없다. 다만,

"하온데 태사로. 지금 이 환혼단 말입니다, 왠지 완성된 재생의 씨앗과 비슷하지 않습니까?"

의아해하며 던지는 수하의 물음에 이찬이 흠칫하며 새삼스러운 눈으로 다시 환혼단을 살핀다.

수하의 말대로였다.

사기가 사라진 자리에 들어찬 기운이나 본연의 핏빛 혈광을 대신하는 투명하고 영롱한 빛깔이나, 모양만 다를 뿐 영락없이 재생의 씨앗이었다.

그걸 인지한 순간 뇌리를 스쳐 가는 것이 있다.

"설마……."

그 순간 스쳐 간 생각을 수하도 하고 있었던 모양이다.

"어찌 된 영문인지는 모르겠지만 재생의 씨앗과 융합이 된 것이 아닐지……."

"대체 어떻게?"

환혼단은 혼천마교의 시작과 함께했던 혼천마교의 신물이었다. 즉, 수백 년을 대물림해서 지켜 온 물건이었다. 그런데도 이런 것이 가능하다고는 들은 적도 없고 생각해 본

적도 없었다.

"대체 삼절표랑 그자가 환혼단에 무슨 짓을 한 것이란 말이냐?"

"무슨 짓을 한 것인지는 모르오나 이거라면…… 오히려 잘된 일일 수도 있지 않겠습니까?"

"그게 무슨 말이냐? 오히려 잘되었다니?"

"환혼단이 완성된 재생의 씨앗을 품은 것이 맞는다면, 그로써 부족한 재생의 씨앗을 채울 수도 있지 않겠습니까?"

순간, 다시 한 번 흠칫하는 이찬이다.

"그러니까 네 말은 천주의 재생을 이것으로 완성시킬 수도 있다는 말이냐?"

"시도해 볼 만한 가치는 충분하다 생각됩니다."

수하의 말에 앞에 내밀어진 환혼단과 벽우가 잠들어 있는 석관을 잠시 번갈아보는 이찬이다.

수하의 말대로 시도해 볼 만한 가치는 있었다.

가능성 또한 충분했다.

"마지막 천인들이 뚫린 이상 진법과 혈강시만으로는 삼절표랑을 오래 잡아둘 수 없습니다. 얼마 안 있어 이곳까지 당도하게 될 터, 이대로 불완전한 채로 천주를 깨울 수는 없지 않습니까?"

이찬의 마음을 모르는 바는 아니었다. 그가 어떤 야심을 품고 있는지 알고 있고 또한 그 역시 공감하고 있다. 이미 일족의 숙명을 족쇄라고 인지해 버린 이상, 마음에서부터 충을 버리고 역심을 품은 마당에 부릴 수도 없고 거역할 수도 없는 주군을 다시 받들어야 하는 선택이 쉽지 않다는 것도 알고 있다.

하지만 달리 선택의 여지가 없는 상황이다.

어떠한 경우라도 벽우가 폭주하는 것보다는 나은 것이다.

이찬이라고 어찌 그것을 모를까.

서른 명의 천인을 희생시키면서까지 만든 천인들이 그토록 간단히 허물어질 줄은 몰랐다. 그것으로 벽우를 깨우지 않고 삼절표랑을 막을 수 있는 마지막 수단마저 없어졌다. 결국 최후에 최후의 보루만이 남은 상황, 벽우를 깨울 수밖에 없다. 그리고 폭주는 그 역시 절대로 바라지 않는다.

그럼에도 벽우가 잠든 석관을 향하는 그의 눈에는 망설임이 있다.

'한 번이면 되는 것인데⋯⋯.'

이번 한 번, 삼절표랑을 상대로 딱 한 번만 견뎌 주면 천하를 얻을 수 있다. 천하의 주인이 될 수 있다. 벽우가 아닌, 천주가 아닌, 그들 일족이 아닌,

'이 내가 천하의 주인이 될 수 있는 것인데!'

이대로 포기해야 한단 말인가? 이대로 다른 이의 부림을 받으며 평생을 다른 이의 종으로 살아가야 한단 말인가?

*　　*　　*

"어떻게 된 거야?"

"……."

"어떻게 된 거냐니까? 여긴 네가 마지막으로 잠들었던 곳이라며? 그래서 설치된 미혼진도 잘 알고 있다며? 너만 믿으라며? 근데 왜 하루 종일 길을 헤매고 있는 건데?"

"……."

루하의 짜증 섞인 추궁에 꿀 먹은 벙어리가 되어 가는 연화다.

그도 그럴 것이, 벌써 여섯 시진이 넘었다. 이미 해는 지고 날이 어둡다. 그런데도 아직 무림인들은 코빼기도 보이지 않는다. 자기만 믿으라며 큰소리 땅땅 친 것치고는 너무 헤매고 있는 것이다.

연화가 할 수 있는 변명은 하나밖에 없었다.

"내가 잠들었을 때와는 너무 많이 바뀌어서……."

혼천마교가 이곳으로 집결하면서 미혼진도 선드린 보양

이었다.

그나마 다행인 것은 기본적인 구조는 그대로 놓아 둔 채로 손을 본 건지, 시간은 오래 걸리긴 해도 조금씩이나마 앞으로 나아가고 있다는 것이었다.

"그래도 입구까지는 거의 다 왔어."

"입구라니? 우리가 원래 있었던 곳이 입구였잖아? 제갈가주가 분명히 그렇게 말했는데?"

"그건 외실이고."

"근데 내실이 왜 이 모양이야? 명색이 그래도 혈마동이면 무덤 비스무리해야 하는 거 아냐?"

한데 눈앞에 펼쳐진 것이라고는 여전히 그냥 산이다. 외실보다 조금 더 가파르고 조금 더 수풀진. 그냥 봐서는 외실과 내실의 경계조차 모호할 지경이다.

"아니, 그보다…… 뭐야, 그럼? 무림인들이 이미 내실까지 들어왔다는 거잖아?

"되돌아가지 않았다면 그렇겠지."

그가 눈앞에서 사라졌다지만 자성도 있고 쟁천표국의 표사들도 같이 있는 마당에 그만 홀로 덜렁 남겨 두고 돌아갔을 리는 만무했다.

"길이 어긋났으면 나랑 헤어진 자리에 꼼짝 않고 있어야지, 자기들끼리 뭔 배짱으로 내실까지 들어와?"

"들어오고 싶어서 들어온 건 아니겠지."

하긴, 혼천마교의 비수가 무림인들이라고 그냥 놔뒀을 리가 없다.

그렇게 생각하니 마음이 더 급해지는데, 그때였다.

연화가 돌연 걸음을 멈추는가 싶은 순간, 병장기 부딪치는 쇳소리와 고함 소리, 비명 소리가 뒤엉키며 고막을 시끄럽게 긁었다.

"어? 찾았다!"

무림인들이 분명했다. 지긋지긋하고 지루하게 이어지던 수색이었던 만큼 그 순간의 반가움은 컸다. 루하가 급히 소리가 들린 곳으로 달려가려는데 그런 그를 연화가 막았다.

"왜?"

"내실에도 진법이 펼쳐져 있는 건 다를 바가 없어. 바로 옆에서 들리는 것 같아도 실제 거리는 상당할 뿐만 아니라, 자칫 발을 잘못 디디면 아예 다른 길로 빠져 버릴 수도 있어. 흥분하지 말고 지금까지처럼 한 걸음 한 걸음 내 뒤를 따라와."

그렇게 말하며 한층 더 신중한 걸음으로 연화가 앞장을 섰고 괜히 섬뜩한 기분이 든 루하가 더욱더 조심히 그 뒤를 따랐다.

연화의 말대로였다. 바로 옆에서 들리는 것 같은데 걸어

도 걸어도 그 소리는 더 커지지도 줄어들지도 않고 그대로
였다. 그 와중에도 유독 비명 소리만큼은 더 커지고 있다.
아니, 정확히 말하면 더 늘어나고 있었다. 그건 그만큼 지
금 그곳의 상황이 갈수록 심각해지고 있다는 뜻이었다.

"대체 얼마나 더 가야……."

답답하고 조급한 마음에 그렇게 투덜대던 루하가 순간
입을 닫았다. 그동안 안개로 가득 차 있던 시야가 급격히
환해지며 지금까지와는 전혀 다른 풍경이 펼쳐졌기 때문이
었다.

아니나 다를까, 그곳에선 치열한 전투가 벌어지고 있었
다. 하지만 그가 생각했던 광경과는 조금 달랐다.

전장을 가득 채운 수만 명의 무림인들과 혼천마교도들을
생각하고 있었건만, 그곳에 있는 인원은 이천 명이 채 되지
않았다. 헤어진 무림인들 중 극히 일부만이 거기에 있는 것
이다. 그리고 그 이천 명을 상대하고 있는 것은 이십여 구
의 강시였다.

"끼아아아아아!"

송곳으로 고막을 찌르는 듯한 날카로운 울음소리를 정신
사납도록 여기저기서 시끄럽게 질러 대는 것들은 당연히
환혼혈강시가 아니었다. 그건 이곳에 와서 루하가 처음 만
났던, 그리고 환각이었나 싶게 금세 사라져 버렸던 바로 그

가짜 강시였다.

가짜 강시라고 해도 그 힘은 실제였다. 환혼혈강시에 비할 수는 없지만 고작 이십여 구로 이천 명의 무림인들을 상대하면서도 일방적으로 몰아붙이고 있었다. 심지어 곤륜파 제자들이 루하에게서 대여한 여덟 자루의 무기를 들고 그 앞을 지키고 있는데도 역부족이었다.

루하는 더 이상 머뭇거리지 않았다.

그 광경을 목격한 순간 이미 그의 몸은 단숨에 공간을 격하며 전장으로 달려들고 있었다.

이윽고 루하의 주먹이 가장 가까이에 있는 강시를 덮치고,

쾅!

"끼아악!"

천지를 뒤흔드는 폭음과 함께 강시 하나가 그 자리에서 폭발해 버렸다.

그 갑작스러운 상황에 어찌 된 영문인지를 몰라 모두가 경악해 있는 사이 이미 루하는 다음 강시를 향해 다시 빛살처럼 쏘아져가고 있었다. 누군가의 희열에 찬 외침이 터져 나온 것은 그때였다.

"삼절표랑이다!"

"정 대협!"

"정 국주님!"

다양한 호칭들이 여기저기서 한꺼번에 터져 나온다. 당연히 그 모든 외침에는 반가움과 안도가 진하게 묻어 있었다. 그러한 환호 속에서 루하의 주먹은 더욱더 난폭하게 강시들을 때려 부수고 있었다.

환혼혈강시라도 해도 루하의 일권을 받아내기 어려운 터에 가짜 강시가 무슨 재주로 그의 주먹을 감당하겠는가.

삽시간이었다.

반가움과 안도로 터져 나온 환호성이 채 다 끝나기도 전에 그토록 맹렬하게 무림인들을 몰아붙이던 이십여 구의 강시가 모조리 먼지가 되어 소멸해 버렸다.

그렇게 간단히 강시들을 처리한 루하가 곤륜파 제자들에게로 다가갔다.

"어떻게 된 거야? 왜 당신들뿐이야?"

그의 질문이 향하는 곳은 신대정회의 회원이자 곤륜파 장문제자인 육인수였다.

육인수가 방금까지의 안도와 환호를 지우고는 금세 곤혹스러운 얼굴을 한다.

"그게…… 저희도 어떻게 된 영문인지……. 회주께서 그렇게 갑자기 사라진 직후에 족히 이백 구가 넘는 강시가 우리를 공격해 왔습니다. 그래서 후방에 있던 저희도 그에

맞서서 앞으로 달려 나가려고 했는데, 순간 시야가 달라진다 싶다가 정신을 차려보니 이렇게 저희만 남게 된 것입니다."

즉, 이들도 루하와 마찬가지로 미혼진에 빠져서 대열에서 이탈했다는 뜻이었다.

루하가 눈살을 찌푸렸다.

"그럼 본진이 어떻게 되었는지는 아무도 모른다는 건데……."

최악의 경우, 본진마저도 이미 뿔뿔이 흩어졌을 수도 있는 것이다.

만일 그렇다면 본진을 찾는 의미가 없지 않은가?

본대와는 헤어졌지만, 그래서 걱정을 하긴 했지만 그런 와중에도 자성이라는 믿는 구석이 있었다. 그런데 만일 그 본대가 뿔뿔이 흩어져 버렸다면, 그리고 여기에서처럼 각개격파를 당하고 있는 것이라면 칠만 무림인들이 전멸을 당할 수도 있다.

'젠장! 뭐가 이렇게 엉망진창이야?'

심지어 환혼단도 잃어버렸다. 벽우를 상대할 수 있는 가장 강력한 무기 하나를 잃어버려서 가뜩이나 난감한 상황에 무림인들의 생사까지 한 치 앞을 알 수가 없는 것이다.

그렇게 루하가 난감해하며 무심결에 이천여 명의 무림인

들에게로 눈길을 던지는데,

"어?"

문득 그의 시야에 낯익은 얼굴들이 들어왔다.

정말이지 생각지도 못한 얼굴들이 거기에 있었다.

'조 국주…….'

조철중. 그가 쟁자수로 있었던 그 시절 몸담았던 만수표
국의 국주였다. 조철중만이 아니다. 총표두 곡운성을 비롯
해서 당시 한솥밥을 먹던 표사들도 더러 보였다.

'아직 문을 안 닫았나……?'

무림맹이 당시 금맥이나 다름없던 표국들의 이권 사업에
끼어들면서 첫 교두보로 표마원을 만들었을 때, 어찌어찌
거기에 끼어들었던 만수표국이다. 일개 일성표국이 수천
개가 넘는 표국들 중에서 선별된 일흔두 개의 표국 명단 안
에 이름을 올리기가 어디 쉬웠겠는가. 모르긴 몰라도 물밑
작업을 위해 거의 모든 가산을 다 털어 넣었을 터였다.

그렇게 표국의 사활을 걸고 도전했던 일이건만 강시의
출몰로 인해 표마원은 와해되고 무림맹은 해체를 선언하기
까지 했다. 설상가상으로 강시들로 인해 표행 자체가 불가
능해져 버린 상황. 자본이 바닥난 중소표국이 살아남기에
는 너무 척박한 세상이 되어 버린 것이다. 오죽하면 쟁천표
국까지 찾아와서 루하의 바짓가랑이를 잡으며 무기를 빌려

달라 애원까지 했겠는가.

당연히 빌려주지 않았다. 옛정으로 빌려줄 수 있는 물건이 아닌 데다가, 아무리 한때 신세를 졌다지만 그렇게까지 해 줄 만큼의 의리도 그에겐 없었다. 만수표국과의 인연은 딱 거기까지였다. 그 후로는 아예 만수표국이라는 이름 자체를 들어 본 적이 없다. 당연히 문을 닫아걸었겠거니 했는데 저렇게 질기게 살아남아 있는 것이다.

'근데…… 저 사람들이 여긴 왜 있는 거야?'

만수표국은 혼천마교 토벌대와는 전혀 어울리지 않는 이름이다. 그리고 조철중은 무림 정의를 위해 발 벗고 나설 만큼 정의감 넘치는 사내도 아니었다.

궁금한 건 직접 물어보면 될 일이다. 더구나 만수표국 시절이 그다지 좋은 기억이 아니건만 오랜만에 보는 낯익은 얼굴들이 왠지 모르게 반갑기도 했다.

그렇게 루하가 만수표국의 표사들이 있는 곳으로 걸어가자 무림인들의 시선이 일제히 의아함과 호기심을 담는다. 반대로 조철중을 비롯한 만수표국의 표사들은 '조 국주님, 오랜만이네요.' 라는 루하의 간단한 인사에 얼굴이 다 상기되어서는 감격하기도 하고 우쭐해하기도 한다.

"근데 만수표국이 토벌대에 참가해 계실 줄은 몰랐네요."

"아…… 아, 예. 저희도 무림의 녹을 먹고 있는 이상 무림 정의를 위해 목숨을 거는 것이 마땅한지라……."

말이야 정의감이 넘치지만 당황한 표정 속에 이리저리 바쁘게 흔들리는 눈동자는 그 같은 정의감과는 전혀 다른 것이었다.

그 모습조차 익숙하다. 그리고 덕분에 속내도 빤히 보인다.

'토벌대에 참가했다는 이름값이 필요했던 거로군.'

지난날 무리를 하면서까지 제갈세가의 표행에 끼려 했던 것과 같은 이유인 것이다.

'하긴, 이번 토벌전만 무사히 끝이 나면 세상이 또 한 번 바뀔 테니까…….'

강시가 사라진다. 그건 곧 강시로 인해 사양길로 접어들었던 그 바닥도 다시 활기를 찾을 거라는 뜻이다. 그런 상황에서 토벌전에 참가한 표국이라는 명패는 민심을 얻기에도, 이름을 높이기에도, 그리해 신뢰를 주기에도 그보다 더 좋을 수가 없는 최고의 경력인 것이다.

조철중의 한결같은 계산속에 피식 절로 실소가 흘러나오는데, 그 실소를 조철중은 불쾌함으로 느낀 모양이었다.

"저, 저희만 온 것이 아닙니다. 저기 삼원표국도……."

그렇게 물 타기를 하며 조철중이 가리키는 곳.

'도하연……'

삼원표국의 국주 도하연이 거기에 있었다.

그녀 역시 오랜만이다. 벌써 오 년이 훌쩍 넘었다. 그런데도 그녀의 눈부신 미모는 여전했다. 역시 오랜만이라 그런지 반갑다. 거기다 미녀라서 더 반갑다.

루하는 곧장 도하연에게로 다가갔다.

"오랜만입니다, 도 국주님."

루하의 정중한 인사에 삼원표국의 표사들도 만수표국의 표사들과 반응이 크게 다르지 않았다. 천하의 삼절표랑이 자신들이 모시는 상전과 인사를 나누는 사이라는 것에 신기해하기도 하고 으쓱해하기도 한다.

"토벌대에 참가하고 계셨으면 절 한번 찾아오지 그러셨습니까? 그간의 정담도 나누고 좋았을 텐데."

"어떻게 그러나요. 이미 저희랑은 사는 세계가 다른 분이신데."

그녀의 입가로 쓴 미소가 그려진다.

한때는 자신의 낭군으로도 생각했던 사내다. 비록 잠깐이지만 실제 마음에 품은 적도 있다. 하지만 지금은 이렇게 마주하고 있는 것조차 황송할 만큼 급이 다르고 격이 다르다. 이미 마음도 비웠고 미련도 버렸다. 그런데도 여자의 마음이란 것이 참 요사스러워서,

"저분이 바로 그 유명하신 빙선녀(氷仙女)이신가 보군요. 그리고 보면 국주님의 곁에는 늘 천하의 미녀가 따르고 있네요."

그녀의 눈은 연화를 향하고 있었다.

빙선녀, 쟁천이신장, 그리고 무림일화 예설란과 더불어 천하이대미녀라고도 불린다.

소문으로만 듣던 그녀를 직접 보니 명불허전이다. 소문이 조금도 과장이 아니었다. 천하이대미녀라는 이름도 고강한 무공 덕에, 그리고 루하 덕에 과대 포장 된 것이 아닐까 의심을 했는데 막상 이렇게 직접 보니 숨이 턱 막혀올 만큼, 도무지 인세의 것 같지 않은 미모다.

예설란에 빙선녀까지. 천하에 다시없을 미녀들을 곁에 두고 있는 루하를 보자니 마음을 비운 지 오래인데도 괜히 목소리에 날이 선다.

그때 부상자들을 대강 수습한 곤륜파의 육인수가 루하에게 다가왔다.

"회주, 이제 어떻게 합니까? 이대로 바로 본대를 찾아나서야 하는 건지……."

육인수의 물음에 루하가 다시금 주변을 둘러본다.

만수표국이나 삼원표국 같은, 도움이 되지 않는 관계로 후위에 처져 있던 무림인들은 그나마 상태가 괜찮았지만 선두에서 혈강시들을 상대했던 곤륜파 등은 희생도 컸고 체력 소모도 극심해 보였다.

"밤도 깊었고 비도 한 차례 더 퍼부을 것 같고, 어차피 조급히 움직인다고 본대를 바로 찾을 수 있다는 보장도 없고……. 일단 좀 쉬지. 쉬면서 재정비부터 하자고."

아닌 게 아니라, 한차례 퍼붓고 난 다음인데도 하늘은 여전히 먹장구름으로 뒤덮여 있었다. 그 농도 또한 더 짙고 두꺼운 것이, 아까보다도 더 크게 한바탕 퍼부을 것 같은 분위기였다. 가뜩이나 한 치 앞을 분간하기가 어려운 미혼진 속에서 폭우까지 만나게 된다면 그보다 더 곤란한 상황도 없는 것이다.

예상대로였다.

투둑투둑—

재정비를 위해 노숙을 결정하고 불과 한 시진이 지나지 않아서 빗방울이 떨어지기 시작하더니,

쏴아아아—

그것은 이내 폭우로 변해서 노숙을 위해 쳐 둔 천막을 찢을 듯이 두들겨 댔다.

루하는 잠들지 못하고 있었다.

시끄러운 폭우 소리 때문도 아니었고 으슬으슬 스며드는

한기 때문도 아니었다. 당연히 흩어진 무림인들에 대한 걱정 때문도 아니었다. 애초에 걱정해 봤자 소용도 없는 일에 잠까지 설칠 만큼 예민한 성격이 아닌 것이다.

밤잠을 설칠 만큼 지금 그의 머릿속을 가득 채우고 있는 것은 아까 느꼈던 기이한 감각이었다. 내뻗은 일수에 쏟아지던 빗줄기가 한 줄기 한 줄기 강기의 화살로 변해 괴물을 난자하던 바로 그 감각.

딱 그 한 번뿐이었다. 그때의 감각을 찾으려 아무리 애를 써도 도무지 되지 않았다. 아니, 감각은 그대로 있었다. 모든 감각이 그 어느 때보다 선명하고 맑다. 그때의 그 일체감도 그대로다. 그런데도 막상 주먹을 뻗으면 그때와 같은 일은 일어나지 않는다.

그래서 더 답답하다.

차라리 감각이라도 남아 있지 않았다면 이렇듯 미련이라도 두지 않았을 텐데, 당장이라도 손만 뻗으면 될 것처럼 자꾸만 간질간질거려 대니 정말이지 환장할 노릇인 것이다.

물론 부작용만 있는 것은 아니었다. 덕분에 환혼단을 잃어버린 상황에서도 크게 당황하지 않을 수 있었다. 그것만 있으면, 그때의 그 기적 같은 힘만 재현할 수 있다면,

'벽우고 나발이고 한주먹거리도 안 될 텐데 말이지.'

물론 어디까지나 그 기적 같은 힘을 재현했을 때의 일이 지만 말이다.

'그나저나 대체 뭐였던 거지?'

왜 갑자기 그런 감각이 생겨 버린 것일까?

짐작이 가는 것이 있긴 했다.

'진짜 그게 사연경인 걸까?'

설란은 공령지체가 자연경에 이르기 위한 첫 번째 관문이라고 했다. 그리고 그 감각이 생겨나던 순간의 느낌 또한 공령지체가 되던 순간의 느낌과 상당히 흡사했다.

둘을 연관지어 보면 자연경일 가능성이 분명히 있었다.

'뭐, 자연경이든 아니든 무슨 상관이냐마는…….'

그거면 벽우를 이길 수 있다는 것, 그러니 벽우를 만나기 전에 반드시 그것을 자신의 것으로 만들어야 한다는 것만이 중요할 뿐이다.

그런데 그렇게 루하가 자신만의 생각에 잠겨서는 쏟아지는 폭우를 망연히 바라보고 있을 때였다.

삐죽.

열려진 천막의 좁은 문틈으로 삐죽 얼굴을 내미는 인형이 있었다.

"저기…… 정 대협…….”

소년이라고 하기에는 건장하고 사내라고 하기에는 앳된

얼굴이 조심스럽게 루하를 부른다.

모르는 얼굴이다. 그런데 또 어딘지 낯이 익은 듯도 하다.

"너, 누구냐?"

"저 기억 안 나세요?"

"……"

"무진이에요. 목무진. 예전에 삼원표국에서 뵈었는데……"

순간, 루하의 뇌리를 스쳐 가는 얼굴이 있었다.

지금 저 얼굴보다는 훨씬 더 어리고 훨씬 더 귀여웠던, 도하연으로부터 표사 제의를 받고 설란과 함께 삼원표국에 잠입했을 때 그들을 안내한 꼬마 쟁자수의 이름이 바로 목무진이었다.

"네가 그때 그 꼬마라고? 그 귀여웠던 얼굴은 대체 어딜 가고…… 그동안 대체 너한테 무슨 일이 있었던 거야? 나보다 더 늙은 것 같잖아?"

"그, 그야 저도 나이를 먹었으니까요. 저도 이제 내년이면 약관이에요. 언제까지고 어리고 귀여울 수는 없는 거잖아요. 그리고…… 저 어디가도 제법 동안 소리 꽤나 듣는 얼굴이에요. 솜털 보송보송하다는 말도 자주 듣고. 제가 늙은 게 아니라 대협이 그대로인 거라구요."

아닌 게 아니라 루하의 얼굴은 열일곱 살의 그때와 별반 달라진 것이 없었다. 얼굴만 보자면 실제로도 목무진이 더 나이가 많아 보였다. 더구나 키도 몰라보게 훌쩍 커서 루하보다 머리가 한 치 정도는 더 높았다.

루하가 자신을 알아본 것이 기쁘면서도, 어딘지 실망하는 듯한 루하의 태도에 입술을 뾰루퉁이 내밀며 시무룩해하는 목무진이다.

'이렇게 보니 확실히 그때 그 꼬맹이가 맞긴 맞는 것 같은데…… 이 녀석, 왜 이렇게 징그럽게 변한 거야?'

객관적으로 보자면 꽤나 미남형 얼굴이다. 건장한 체격에 이목구비도 선명해서 어딜 가도 뭇 여인들의 시선깨나 끌 듯싶다. 그런데도 징그럽게 느껴지는 것은 훌쩍 커 버린 소년의 성장을 받아들이기엔 루하의 나이 역시 그리 많지 않아 그러한 성장이 낯설기 때문일지도 모르겠다.

"왜 그런 눈으로 보세요?"

"그런 눈이라니, 무슨 눈?"

"제가 징그러우세요?"

"뭐?"

"지금 대협 눈빛이 딱 그런 눈빛인데요?"

"……"

이 녀석 눈치 하나는 빠르다.

'원래 이렇게 눈치가 빠른 녀석이었나?'

잠깐 스쳐 간 인연이라 잘 기억도 안 난다. 하지만 그마
저도 자신을 찾아온 과거의 인연에 대한 예의는 아닌지라
괜히 머쓱해져서 화제를 돌렸다.

"근데 여긴 어떻게 온 거야?"

"그야 당연히 토벌전에 참여한 거죠. 아까 저희 국주님
도 보셨잖아요?"

"토벌전에 참여를 해? 네가? 쟁자수가 왜?"

"저 쟁자수 아닌데요? 이제 어엿한 표사인데요?"

이 순간 루하를 향하는 무진의 눈빛은 학당에서 좋은 성
적표를 받은 아이처럼 당당하고 자부심이 넘쳤다.

그러고 보니 삼원표국을 떠나오기 전 무진이 그에게 했
던 말이 생각이 난다.

'근데 어떻게 그렇게 강해요? 쟁자수가 어떻게 그렇
게 강할 수가 있어요? 저도 그럼 열심히 무술을 배우면
언젠가는 소협처럼 표사들보다도 더 강해질 수 있어
요?'

마냥 밝기만 하던 녀석의 목소리는 울분에 차 있었다. 쟁
자수, 그 천대와 멸시의 대물림에 그렇게 절박하게 루하에
게 물었다.

"그때 대협께선 저한테 안 된다고 하셨죠? 쟁자수 주제에 표사보다 강해진다는 게 말이 되냐고. 출신이라는 게 엿 같고 지랄 맞은 거니까 괜한 헛꿈 꾸지 말고 일찌감치 꿈 깨라고. 그치만 저 되었거든요, 표사가. 아직 다른 표사들보다 강하다고 할 순 없지만 언제고 반드시 표사들보다 강해질 거거든요."

"그래서…… 지금 그거 따지러 왔냐?"

"아뇨. 자랑하러 왔는데요? 그때 그 꼬맹이 쟁자수가 어엿한 표사가 되었다는데 기특하지 않으세요?"

그렇게 물으며 방긋 웃는다.

저 웃음만큼은 예전이나 지금이나 한결같이 밝다.

무진의 말마따나 제법 기특하기도 했다. 쟁자수가 표사가 되는 것이 결코 쉽지 않다는 걸 루하 자신이 누구보다 잘 알기에 그 성공이 대견했다. 하지만 기특해해 주길 강요하는 듯한 무진의 태도에 살짝 배알이 꼴린다.

"별로. 네 녀석이 표사가 된 걸 왜 내가 기특해해야 하는 거냐? 내가 네 녀석 부모도 아니고. 그리고 솔직히 삼원표국이 어디 예전의 삼원표국이냐? 모르긴 몰라도 밥벌이도 제대로 안 돼서 실력 있는 표사들은 데리고 있지도 못했을 테니 좀 한다는 표사들 다 떠나고 급하게 머릿수나 채우려고 어중이떠중이 다 데려다 표사를 시켜 줬을 게 뻔하잖아.

그 와중에 네 녀석도 한자리 차지했을 테고. 고작 그런 걸로 여기까지 와서 자랑질이냐?"

"아니에요! 제가 그동안 얼마나 노력했는데요! 실력으로 된 거라구요!"

무진이 심히 억울하다는 얼굴을 하며 버럭 화를 낸다.

물론 루하의 말이 아예 틀린 것은 아니다. 강시의 출몰로 삼원표국의 사정이 나빠진 것도 사실이고, 절반이 넘는 표사들이 그만둔 것도 사실이다. 하지만 도하연은 사람을 함부로 뽑지 않았다. 어중이떠중이로 급하게 머릿수를 채우지도 않았다. 그래서 삼원표국 표사의 수는 여전히 원래 정원의 절반에도 미치지 못하는 상태였다.

그 역시 엄격한 심사를 거쳐 표사가 된 것이었다. 그러하기에 삼원표국의 표사 목무진이라는 이름은 그에겐 더할 수 없는 명예였고 자부심이었다. 그 명예와 자부심이 부정당했다. 그것도 가장 인정받고 싶은 사람에게.

어린 시절의 그는 쟁자수는 쟁자수일 뿐이라 생각했다. 부친의 뒤를 이어 쟁자수가 되었고, 부친이 그랬듯 평생을 그렇게 쟁자수로 살아가게 될 거라 생각했다. 조금 멸시를 당해도 괜찮았다. 가끔 서럽고 또 가끔 억울해도 그러려니 했다. 쟁자수라면 누구나 으레 겪는 일이니까. 그럼에도 가족을 먹여 살리는 데는 그만한 직업이 또 없으니까.

그렇게 하루하루 먹고사는 게 전부였던 시절 루하를 만났다.

삼원표국의 표사들을 발아래 꿇리며 홀로 당당하던 그였다.

하늘만큼이나 높아 보이던 도하연조차 그 앞에서는 왜소하고 초라해 보였다.

그때 깨달았다.

쟁자수도 얼마든지 강해질 수 있다는 것을.

지금은 쟁자수일지라도 내일은 다른 무언가가 될 수도 있다는 것을.

그리해 다른 무언가가 되고자 꿈을 품었고 노력했으며, 지금에 닿았다.

그에게 있어 루하는 우상이자 은인이었고 또한 스승이었다. 지금의 모습을 가장 자랑하고 싶은 사람이었고 가장 인정받고 싶은 사람이었다. 그런데 저런 냉소적인 태도라니? 맥이 빠지다 못해 정말이지 눈물이 날 만큼 서운하다. 괜스레 원망스럽기도 하다.

"두고 보세요! 언젠가 대협처럼 최고의 표사가 되어 보일 테니까!"

"아서라. 불가능해. 망상이 지나치면 병이 된다고."

"왜요? 제가 표사가 되겠다고 했을 때도 다들 불가능하다고 했지만, 보세요. 이렇게 표사가 되었잖아요. 의지만 굳건하면 세상에 불가능이란 없어요!"

"무슨 소리. 이 세상에는 온통 불가능한 것 천지인데. 전에도 말했잖아. 안 되는 건 안 되는 거라고. 도대체가 의지만 가지고 되는 일이 얼마나 된다고 의지 타령이야? 그것도 나처럼이라니? 하! 가당치도 않구만. 이거 완전 덩치만 컸지 아직도 철부지 어린애 고대로잖아?"

루하가 가소롭다는 듯 콧방귀까지 뀌자 급기야 당장 울음이라도 터트릴 듯이 눈가는 그렁그렁하고 악다문 입술을 부들부들 떤다.

루하는 그런 무진의 반응이 재밌기도 하고 귀엽기도 했다. 살짝 거슬리고 아니꼽던 비위도 한결 가신다.

'그러고 보면 나도 그다지 좋은 성격은 아냐.'

그 속마음을 설란이 들었다면 '그걸 이제 알았어?' 하며 어이없어했을 테지만, 어쨌거나 여기서 더 놀렸다가는 정말로 펑펑 울음이라도 터트릴 것 같아서 이쯤하기로 했다.

'저 덩치에 어린애처럼 울어 대면 그것도 너무 엽기니까.'

생각만 해도 질색팔색하는 표정을 하던 루하가 무슨 생각이 들었는지 막사 안 구석으로 가서 무언가를 집어 들어 무진에게 내밀었다.

검이었다. 묵빛 검신이 신비롭게 느껴지는 금강한철검.

시종일관 비아냥대기만 하던 루하가 대뜸 검을 내밀자 무슨 의미인지 몰라 루하와 검을 번갈아보며 어리둥절해하는 무진이다.

"뭐해? 안 받아?"

루하의 말에 무진이 더욱더 의아해하며 묻는다.

"예? 이걸…… 왜요?"

"왜긴 왜야, 너한테 주겠다는 거지. 나처럼 되는 건 백 번을 다시 태어나도 불가능한 일이지만, 그래도 이게 의지니 뭐니 그딴 불확실한 거보다는 널 좀 더 나은 놈으로 만들어 주겠지."

순간, 무진의 눈이 더 커질 수 없을 만큼 커졌다.

자신의 앞에 내밀어진 검이 어떤 검인지 그 역시 잘 알고 있다. 쟁천표국을 지금의 자리에 오르게 만든 검. 강시를 벨 수 있는 최고의 보검. 곤륜파가 강시들로부터 그들 무리를 지켜 낼 수 있었던 것도 루하가 빌려준 여덟 자루의 금강한철검 덕분이었다.

그런데 지금 루하가 그 만년한철을 능가한다는, 부르는 것이 값이라는 현존 최강의 보검을 그에게 주겠다는 것이다.

"저, 정말 이 검을 저한테 주시는 거예요?"

"그래."

뻗어 가는 손이 떨린다.

꿀꺽―

스스로의 침 삼키는 소리가 유난히 크게 느껴지고 심장은 미친 듯이 뛴다. 그리고 잠깐의 머뭇거림 끝에 검을 받아드는 순간, 손끝에 닿는 차가움이 아찔한 전율이 되어 전신을 쓸어 간다.

이윽고 다시 루하를 향하는 눈에는 더할 수 없는 간절함과 어찌할 수 없는 불안이 뒤섞인다.

"이, 이거 정말 저 주시는 거죠?"

"그렇다니까. 대신……."

"대신 대협께 받았다는 거 아무한테도 말하지 말라는 거죠?"

자신 같은 초보 표사와의 친분은 삼절표랑의 명성에 흠밖에 되지 않으니까. 검까지 주었다는 게 알려지면 여기저기서 서운함과 불만들이 루하를 피곤하게 할 테니까.

하지만 틀렸다.

"무슨 소리를 하는 거야? 세상이 다 알도록 떠들어야지. 동네방네."

"……?"

"네깟 게 내 이름 뒤에 숨지 않고 그 검을 지킬 수나 있을 것 같아? 세상이 다 눈이 벌게져서 달려들 텐데? 너 하나 죽는 걸로 끝나면 다행이지. 삼원표국이 하룻밤 사이에 몰살을 당한다고 해도 이상할 것이 없는 것이 바로 지금 네가 들고 있는 그 검의 가치야. 그러니까 애먼 놈들한테 검이랑 목숨이랑 홀라당 다 털리고 싶지 않으면 내 이름 뒤에 숨어. 마구 가져다 써. 핏줄처럼 가깝다고 해도 좋고 의형제를 맺었다고 해도 좋아. 아니, 아예 배다른 형제라고 해도 돼. 뭐, 그래도 네 녀석이 품기에는 너무 무겁고 위험천만한 물건이긴 하지만……."

"근데 왜 이걸 저한테 주시는 거예요?"

이해가 안 된다는 듯 묻는다.

루하의 말대로 세상이 다 눈이 벌게져서 달려들 만큼 귀한 보물이다. 이토록 귀한 보물을 주고받을 만큼 친분도 인연도 그렇게 깊은 사이가 아니지 않는가?

"글쎄……."

루하가 고개를 갸웃한다.

"그냥 문득 그러고 싶어져서, 라고나 할까?"

사실 모르겠다.

오랜만의 재회가 그저 반가워서인지, 평범한 일개 쟁자수가 표사가 되기까지 얼마나 고단한 길을 걸어왔을지 누구보다도 잘 알기에 그 모습이 대견해서인지, 무진의 모습에 어린 시절의 그가 투영되어서인지, 그도 아니면 그저 쏟

아지는 빗줄기에 어울리지 않게 감성적이 되어 버린 탓인
지…… . 아무튼 그 순간은 그냥 무진에게 검을 선물하고 싶
어져서 그리한 것뿐이었다.

　무진은 돌아갔다.
　결국 눈물까지 뚝뚝 흘리며.
　물론 그 눈물은 서운함이 아니라 고마움과 감격에 겨운
것이었다.
　쏴아아아—
　그 사이 빗줄기는 더 거세졌다. 무진이 돌아가고도 루하
는 여전히 쏟아지는 빗줄기로 망연한 시선을 던지며 자연
경인지 뭔지 모를 감각을 되새김하고 있었다.
　그런데, 그런 그의 사색에 자꾸만 불쑥불쑥 끼어드는 것
이 있다.

　'의지만 굳건하면 세상에 불가능이란 없어요!'

　무진이 했던 말이었다.
　가소로워서 콧방귀를 뀌었던 그 가당찮았던 말이 이상하
게 머릿속을 맴돈다.
　'의지라…… .'

의지 하나로 불가능이 가능해질 리도 없고 잃었던 감각이 다시 돌아올 리도 없건만 무심결에 주먹을 쥐어 보는 루하다.

'얼마나 굳건해야 하는지는 모르겠다마는……'

그때의 감각을 다시 떠올려 본다. 빗줄기를 향해 던지는 시선에 마음을 단단히 담는다. 그리고 말아 쥔 주먹을 내질렀다. 아니, 내지르려 했지만 그러지 못했다. 돌연히 느껴진 어떤 기운 때문이었다.

얼굴은 딱딱하게 굳었고 눈빛은 사나워졌다.

단지 강하다는 말로는 표현이 되지 않는 절대적인 기운. 무림의 정점에 선 루하마저 온몸의 털이 곤두설 만큼 패도적이고 압도적인 존재감.

하나뿐이다.

'그놈이다!'

벽우.

혼천마교의 새로운 천주가, 그 괴물 강시가 이 폭우 속에 다시 깨어난 것이다.

벽우의 기운을 느낀 순간 루하는 거의 반사적으로 막사를 튀어나갔다. 하지만 막상 쫓으려니 방향을 모르겠다. 그 위험천만한 기운이 너무도 선명한데 정작 거리감은 전혀 없다. 마치 길치라도 되어 버린 것처럼 어디로 가야 할지

막막해서 난감해하고 있을 때, 연화 역시 벽우의 기운을 느끼고 루하에게 다가왔다.

"여기선 안 돼."

결국 미혼진 속에 갇혀 있는 탓이다.

루하도 알고 있다. 모든 감각이 극대화되어 마음만 먹으면 수십 리 밖의 개미 기어 다니는 소리도 들을 수 있는 그가 천각산 안에 같이 들어와 있는 다른 무림인들의 기척을 전혀 느낄 수 없는 것부터가 미혼진의 효력일 터. 벽우의 위치가 가늠되지 않는 것은 당연한 일이었다.

그래서 더 답답했다.

벽우가 깨어났다. 깨어난 벽우가 본대를 향하고 있다면?

뿔뿔이 흩어진 것이든 그대로 대열을 유지하고 있든 상상하기도 싫은 끔찍한 혈겁이 일어날 수도 있는 것이다. 무엇보다 거기에는 자성과 표사들, 그리고 북해빙궁까지……. 그의 사람들이 있었다.

"무슨 다른 방법 없어?"

답답한 마음에 물어보지만 냉정하게 고개를 젓는 연화다.

"없어. 한 걸음, 한 걸음 나아가 보는 수밖에는."

第五章

죽은 자가 산 자 위에 군림하다

"멈춰!"

뒤에서 들려온 일갈에 앞장서 가던 화산파 장로 일곡이
의아해하며 고개를 돌렸다.

루하의 우려와 달리 일부 후미는 흩어졌지만 본대는 그
대로 유지가 되고 있었다. 하지만 길을 잃은 건 그들 역시
마찬가지였다. 강시의 출몰과 동시에 루하가 갑자기 시야
에서 사라지고, 당황한 본대가 급히 루하를 쫓은 것이 화근
이었다. 뭔가 감각의 비틀림을 느꼈을 때는 이미 어딘지도
모를 곳에 와 있었다. 그리고 그때부터는 끝없는 헤맴이었
다. 거기에는 제갈가의 지식도 전혀 소용이 없었다. 그나마

구대문파의 주도하에 대열을 재정비시키고 일사불란하게 움직였기에 망정이지, 그렇지 않았다면 지금보다도 더 큰 곤경에 처해 있었을 것이었다.

그렇게 조심스럽고 신중한 걸음을 내딛던 중에 긴장감이 진득하게 묻어나는 일갈이었던지라 괜스레 섬뜩해져서 고개를 돌려 보니, 한 사내가 대열을 비집고 성큼성큼 앞으로 나오고 있었다.

'쟁천이신장⋯⋯.'

이름도 모르고 출신도 모른다. 벽우가 쟁천표국으로 쳐들어온 날 그는 그 자리에 없었기에 그의 신위도 직접 보지 못했다. 들은 것은 그저 풍문뿐이다.

강시를 단신으로 막아선 사내.

사실 무림인들에겐 초기 단계의 강시나 진화 강시나 재생을 완성한 강시나 그냥 다 무시무시한 강시일 뿐이었다. 어느 것이 더 강하다는 개념 자체가 없었다. 그러니 자성에 대한 일곡의 인식도 딱 그 정도였다.

단신으로 막아서긴 했지만 막아 내진 못한, 존중은 해도 화산파의 장로가 두려움을 느껴야 할 정도는 아닌, 그 강함이야 충분히 인정하지만 그렇다고 루하와 같은 무게로 대할 필요까지는 없는 딱 그 정도.

"무슨 일이시오?"

그 사이 그 앞으로 다가온 자성을 보고 일곡이 의아해하며 물었다.

자성이 대답했다.

"그가 깨어났다. 대열을 뒤로 물리고 대비를 해야 한다."

"그라면……?"

"벽우."

순간 일곡이 미간을 찌푸린다. 일곡만이 아니다. 대열 속에서도 웅성거림이 인다. 그도 그럴 것이, 벽우라는 이름을 이제 무림인들도 알기 때문이다.

벽우가 혼천마교의 천주라는 것도, 그 새로운 천주가 강시라는 것도, 그 강시가 바로 쟁천표국을 쑥대밭으로 만든 그 괴물이라는 것도.

"그가 이곳으로 오고 있다는 말씀이오?"

"모른다. 깨어난 것만 확실할 뿐 이곳에서는 그의 움직임이 잡히지가 않아."

자성의 말에 일곡이 귀를 열고 주위의 기척을 살핀다.

그러나 그에겐 벽우의 기척 같은 것은 전혀 느껴지지 않았다. 물론 그렇다고 자성의 말을 의심하는 것은 아니었다. 단신으로 강시를 상대했다는 것만으로도 자신과는 보는 눈이 다르고 듣는 귀가 다를 테니까.

하지만 그뿐이다.

"혼천마교의 천주가 깨어났다고 해도 이곳으로 올지 안 올지도 모르는 상황에 무턱대고 대열을 뒤로 물릴 수는 없는 일이 아니겠소? 오히려 그자가 깨어났다면 혼천마교도들을 이끌고 정 대협부터 공격할 가능성이 더 높을 터인데…… 이런 상황에선 한시라도 빨리 정 대협부터 찾는 것이 낫다 싶소이다만?"

벽우가 깨어났다는데도 일곡의 눈빛에는 별반 두려움이 없다. 그건 다른 구대문파의 제자들도 크게 다르지 않다. 그러한 분위기에는 역시 벽우도 결국엔 강시일 뿐이라는 기조가 깔려 있었다. 그리고 거기에는 금강한철 무기도 한몫했다.

루하에게 받은 그 무기라면, 일개 표사도 강시를 벨 수 있게 만드는 천하제일의 명검보도라면 자신들 또한 능히 강시를 잡을 수 있을 거라는 자신감.

무림맹이 바로 그 자신감으로 인해 폭주 강시를 만들고 또 그들 문파의 수장들이 진화 강시에 도륙을 당했는데도 그 고리타분한 오만함은 변하지가 않는 것이다.

일곡의 말에 자성이 다시 뭐라 말을 하려 할 때였다.

"거참, 그냥 저 양반이 하라는 대로 하면 될 것이지 뭔 말이 그렇게 많아?"

그들의 대화 속으로 불쑥 끼어드는 목소리가 있었다.

일곱이 눈을 돌려 보니 북해빙궁의 무사들이 있는 쪽이었다. 이천 명에 이르는 북해빙궁의 무사들 속에서도 독보적으로 돋보이는 한 사내.

'북해빙궁주…….'

교극천이다.

교극천이 얼굴에 잔뜩 짜증을 드러내며 일곱을 보고 있었다.

그는 천주가 되기 전의 벽우와는 북해빙궁에서 직접 손속을 겨뤄 보기도 했고, 그때와는 비교도 안 될 만큼 강해진 벽우를 쟁천표국에서 다시 보았다. 그러니 이 자리의 그 어느 누구보다도 벽우의 힘을, 그 무서움을 잘 알고 있다.

그런 벽우를 상대로 건곤일척의 승부를 벌이던 자성이다. 루하는 논외로 두고 내심 중원무림에 대해 깔보는 마음이 있던 그였던지라 자성을 보며 받았던 충격은 실로 컸다.

살면서 절대로 이길 수 없다 생각한 두 명 중 하나.

무인으로서, 사내로서 강한 자에 대한 동경과 호감이야 당연한 것이기에 그런 자성의 말에 별것도 아닌 자가 토를 다는 것이 거슬렸던 것이다. 사실 루하와 헤어지고 내내 불안할 정도로 신경이 곤두서 있는 것도, 그래서 루하를 찾고자 하는 마음이 이중에서 가장 강한 것도 루하와 귀소본능으로 이어진 바로 그인데도 말이다.

자신에게 무례히 면박을 준 것이 북해빙궁주 교극천임을 확인한 일곡의 표정이 불쾌함으로 일그러졌다. 일곡뿐만 아니라 화산파 제자들도 노골적으로 불쾌한 눈빛을 했고 그건 다른 구대문파의 제자들도 크게 다르지 않았다.

'변방의 오랑캐 따위가……'

북해빙궁이 중원 무림에서 공포의 상징과도 같은 존재라 해도 천 년 무림을 지탱해 온 구대문파 제자들을 두렵게 할 정도로 절대적인 것인 아니었다. 하물며 그들에겐 역시 강시도 베는 천하제일의 명검보도가 있는데 무엇이 두렵겠는가.

구대문파 제자들이 사나운 눈빛으로 교극천을 노려보자 북해빙궁의 무사들도 이에 질세라 눈을 부라리며 흉흉한 살기를 드러낸다.

그 바람에 공기는 삽시간에 냉랭하게 얼어붙고 분위기는 흉험해진다.

아무리 한마음 한뜻으로 이 자리에 모였다고 해도 루하라는 구심점이 없이는 결국 물과 기름처럼 서로 섞일 수가 없는 오합지졸에 불과한 것이다.

그렇게 갑자기 일촉즉발의 긴장이 들어차는 그 순간이었다.

"크아앙!"

갑작스럽게 괴성이 터진다 싶은 순간, 어디선가 하늘이
라도 부숴 버릴 듯한 어마어마한 강기의 폭풍이 무림인들
에게 들이쳤다.

콰콰콰콰콰콰콰콰!

"끄악!"

"으아악!"

대열의 한 귀퉁이가 그야말로 흔적도 없이 소멸해 버렸
다.

눈앞에서 벌어진 충격적이고 무시무시한 광경에 일곡을
비롯한 모두가 얼이 빠져 있는 사이 뭔가 희끗한 것이 대열
속을 파고든다 싶은 순간,

콰콰콰콰콰콰콰콰!

다시 일진광풍이 몰아쳤다.

하지만 이번엔 아무런 비명도 없었다. 다친 자도 죽은 자
도 없다.

한 차례 거대한 폭발이 있은 후, 퍼붓는 폭풍우와 흩날리
는 흙먼지 속에서 서서히 모습을 드러내는 것은 강시로 보
이는 괴인영과 그 괴인영 앞을 막아선 자성의 모습이었다.
자성이 괴인형의 두 번째 공격을 막아 낸 것이다.

그때 누군가가 외쳤다.

"벼, 벽우다!"

"혼천마교의 천주가 나타났다!"

경악과 공포에 질린 외침이 이어지고 나서야 일곡은 저 괴인영이 바로 혼천마교의 천주 벽우라는 것을 알았다.

"자, 잡아라! 저자를 잡아!"

그의 명이 떨어지기가 무섭게 화산파 무리에서 여덟 명의 고수가 벼락같이 뛰쳐나와 벽우를 향해 맹렬히 달려들었다.

루하로부터 받은 여덟 개의 검을 손에 쥔 자들.

화산파 최고의 고수들.

그런데 직후 믿지 못할 광경이 펼쳐졌다.

마치 귀찮게 들러붙는 모기를 털어 내듯 벽우가 가볍게 손을 쳐 낸 순간 벽우를 향해 덮쳐들던 화산파 최고의 고수들이 먼지가 되어 소멸해 버린 것이다.

쨍그랑—

남은 것은 주인 잃고 땅으로 떨어지는 여덟 자루의 검뿐.

그 믿기지 않는 광경을 고스란히 목격한 일곡의 얼굴은 그야말로 경악으로 물들었다.

강시에 대해, 그 강함에 대해 알 만큼은 아는 일곡이다. 과거 무림맹의 강시 토벌대에 한 차례 참가했던 적도 있다. 하지만 방금 벽우가 보여 준 신위란 것은 일찍이 그가 보았던 강시와는 차원이 다른 것이었다. 그것은 수십 년을 같이 동고동락해 온, 혈육보다도 더 아끼는 사형제들이 눈앞에서 죽임을 당했는데도 분노조차 느끼지 못할 만큼의 충격이었고 공포였다.

머릿속이 새하얘지고 손발이 떨린다. 심장이 쪼그라들고 그 아찔함에 다리마저 힘이 빠져 저도 모르게 몸을 휘청한다.

벽우라는 자, 혼천마교의 천주라는 자, 그야말로 존재 자체가 공포였던 것이다.

'한데······.'

일곡의 눈이 자성에게로 옮겨졌다.

'한데 어찌 저자는 저리도 강하단 말이냐?'

벽우가 그의 사형제들을 세상에서 지워 버린 그 순간, 자성은 이미 벽우를 향해 신형을 날리고 있었고 두 괴물은 삽시간에 한 덩어리로 얽혀서 용쟁호투를 벌인다.

벽우의 강함이라는 것은 이미 그의 상상을 초월한 것이었다. 그런데 크게 대수롭지 않게 생각했던 자성마저 이미 인간을 초월한 입신지경에 이르러 있을 줄이야 어찌 상상이나 했겠는가.

'저것이 쟁천이신장의 진정한 모습이란 말인가?'

눈앞에 호랑이를 두고도 고양이로 본 자신의 눈을 파 버리고 싶을 지경이다. 그런 한편으로 고금을 막론하고도 그 적수가 없을 듯한 저 절대무쌍의 고수를 수하로 두고 있는 루하라는 존재가 더욱 경이롭다.

하지만 지금은 그런 감상에나 빠져 있을 때가 아니었다.

두 괴물의 싸움은 그 후폭풍 또한 엄청나서 이미 상당수의 무림인들이 그 여파에 쓸려 버린 상태였다.

"퇴(退)! 전원 대열을 뒤로 물리시오!"

지금 그가 해야 할 일은 두 괴물의 무지막지한 싸움판에 무림인들을 휩쓸리지 않게 하는 것이었다.

*   *   *

"정녕 이대로 괜찮은 것입니까?"

이찬을 보는 수하의 눈빛이 무겁다. 아니, 정확히 말하자면 그 눈은 이찬의 손에 들린 환혼단을 향하고 있었다.

결국 이찬은 벽우의 완벽한 재생이 아니라 불완전한 지배를 택한 것이었다.

"한 번이다. 이번 한 번만 버텨 주면……."

천하를 얻을 수 있다. 혼천마교의 이름으로 천하의 주인이 될 수 있다.

이미 마음에 들어차 버린 탐욕이 이성마저도 마비시켜

버린 것일까?

자칫하면 공멸이었다. 벽우가 폭주 상태로 돌입해 버린다면 세상의 생명체란 생명체는 단 하나도 남아나지 않을 것이었다. 과연 천하라는 것이 그토록 위험천만한 도박마저도 강행해야 할 만큼 가치가 있는 것일까?

이찬의 눈에 이글거리는 탐욕을 보며 새삼 불안과 회의가 밀려들지만 이미 쏘아진 화살이다. 지금으로서는 중원 무림의 저항이 약하기를, 그래서 벽우의 몸속에 있는 폭탄이 터지지 않기를, 그래서 이찬의 말처럼 이번 한 번만 버텨 내기를 바라는 수밖에 없었다.

콰콰콰쾅!

두 개의 주먹이 부딪치고, 거기에서 일어나는 충격파에 커다란 바위가 뒹굴고 아름드리나무가 뿌리째 뽑혀 나간다. 그러니 어디 사람인들 무사하겠는가?

"크윽!"

멀찍이 뒤로 물러서 있는데도 그 충격파에 밀려 대열이 급격히 흐트러진다.

"흔들리지 마라! 자기 자리를 지켜!"

일곡의 외침에 잠시 흐트러졌던 대열이 다시 신속히 제자리를 찾는다.

그나마 루하로부터 무기를 받은 구대문파의 제자들이 그 무기를 방패 삼아 버려 주었기에 망정이지, 그렇지 않았다면 이미 절반 이상은 마치 거친 풍랑 속의 일엽편주마냥 맥없이 쓸려 나갔을 것이었다.

이런 상황에 대해서는 미리 대비해 두었다.

금강한철 무기를 든 구대문파 최고 고수들로 일차 방어선을 만들고, 역시 금강한철 갑주로 무장한 쟁천표국의 표사들이 이차 방어선을 지킨다. 그리고 그 뒤를 교극천을 비롯한 북해빙궁의 고수들이 맡는다.

그렇게 삼중의 방어진을 치고 있었기에 대열이 크게 훼손되지 않을 수가 있었던 것이다. 반대로 그렇게 삼중의 방어진으로 철저히 차단을 했는데도 단지 충격파만으로 수만 명의 무림인들을 뒤로 밀어내 버릴 만큼 벽우와 자성의 대결은 가공스러웠다.

눈으로 좇을 수도 없을 만큼 빠르다.

감히 끼어들 수도 없다.

한 발짝이라도 앞으로 내딛는 순간 터질듯이 팽창된 풍압에 그 즉시 온몸이 가루가 되어 버릴 것만 같다.

두 괴물의 압도적인 존재감에 무림인들의 눈에 들어차는 것은 그저 공포와 경악뿐이었다. 특히 강시를 직접 본 적이 없이 그저 소문으로만 들었던 무림인들은 거의 혼비백산해서 정신이 아득해질 지경이었다.

'저, 저것이 강시란 말인가?'

상상했던 것과는 너무 다르다.

아니, 그건 강시를 본 적이 있는 무림인들도 크게 다르지 않았다. 일찍이 그들이 보았던 강시와는 차원이 다른 것이다. 하지만 무엇보다 그들을 놀라게 하는 것은 쟁천이신장의 한 명이었다.

갑작스럽게 등장한 인물이었다.

벽우가 쟁천표국에 들이닥쳤을 때, 딱 한 번 그 신위를 발휘한 것만으로 무림을 들끓게 한 인물이었다.

하지만 소문만 무성할 뿐 모든 것이 신비에 가려져 있어, 그날 그 자리에서 자성의 힘을 직접 목도하지 않은 사람들은 그저 삼절표랑의 밑에 있는 뛰어난 고수 정도로만 그를 인식하고 있었다.

그런데 지금 그들의 시야에 들어오는 자성의 신위는 실로 눈으로 보고도 믿기지가 않을 지경이었다.

저 무시무시한 강시를 상대로 조금도 밀리지 않고 있지 않은가?

사실 자성의 힘에 가장 놀라고 있는 것은 자성 자신이었다.

'이게 새로운 내단의 힘인가?'

루하가 만들어 준 내단은 원래 있던 내단과 아직 완전히 공명이 되지 않은 상태였다. 그래서 두 개의 힘을 동시에 사용하기에는 위험 부담이 컸다. 루하에게 말했던 대로 두 개의 힘을 동시에 사용하다 충돌이라도 일으키면 그 뒤를 감당할 자신이 없기 때문이었다. 그래서 한계를 넘지 않겠다 루하에게 다짐도 했던 것인데, 벽우가 나타난 순간 선택의 여지는 사라져 버렸다. 내단 하나의 힘만으로 감당할 수 있는 상대가 아닌 것이다.

그리해 가진 모든 힘을 끌어 올렸다. 새로운 내단을 얻은 후로는 최대 한도로 힘을 끌어 올려 보긴 처음이었다. 그런데, 이 넘치는 기운이라니?

상상했던 것 이상이다.

끌어 올리고 또 끌어 올려도 끝없이 용솟음친다.

오히려 내단 하나를 벽우에게 먹히기 전보다도 더 강하고 더 무한하다.

그로 인해 벽우를 상대로 우세한 싸움을 벌이고 있다.

심지어 벽우는 전날 쟁천표국에서 만났을 때보다 훨씬 더 강해져 있는데도.

벽우가 나타났을 때, 어쩌면 여기가 마지막일지도 모르겠다고 생각했다. 산 자도 죽은 자도 아닌 채로 살아왔던, 그 길고 지루했던 지난 이백 년을 다시 이곳 혈마동에서 비로소 마침표를 찍겠구나 싶었다.

그런데 그러한 체념들이 무색하게도 벽우를 능히 상대해 내고 있는 것이다.

쾅!

다시 주먹과 주먹이 충돌하고,

"큭!"

"크흥!"

누가 더라고 할 것도 없이 십여 장을 주르륵 뒤로 미끄러지는 자성과 벽우다. 하지만 어느 쪽이 더 큰 충격을 받았는지는 자명했다. 잠시 비틀하다 곧바로 신형을 바로잡는 자성에 비해 벽우는 십여 장을 뒤로 밀려난 것으로도 모자라 다시 두 걸음을 더 뒤로 물렸고, 입가로는 검게 죽은 피마저 한 줄기 머금고 있었다.

그것이 분했던 것일까?

"크아아앙!"

더욱 사납게 포효하며 자성에게로 달려든다 싶기가 무섭게 마구잡이로 주먹을 퍼붓는다.

자성도 물러서지 않았다. 자신을 향해 덮쳐드는 수백수천 개의 주먹을 그대로 되받아쳤다.

이번만큼은 누구 하나 밀려나지도 물러서지도 않았다.

그야말로 힘 대 힘, 기와 기의 대결로 돌입했다.

콰콰콰콰콰콰콰쾅!

두 괴물은 한 치의 물러섬도 없었지만, 그들 뒤의 무림인들은 철벽보다 단단한 삼중의 방어진에도 불구하고 그 광풍에 떠밀려 거의 삼십 장을 뒤로 물러나야 했다.

"뭐 저런 것들이 다 있어?"

그 가공할 만한 대결에 오죽하면 교극천이 어처구니없어하며 혀를 다 내두를까.

그러니 다른 무림인들이야 말해 뭐하겠는가.

삼절표랑이 구대문파를 이끌고 모든 혼란의 중심이자 원흉인 혼천마교를 토벌하러 간다기에 작은 힘이라도 보태고자 분연히 들고 일어난 그들이지만, 그리해 목도하게 된 그 토벌전의 실체란 것은 감히 그들이 작은 힘이라도 보탤 수 있는 수준의 것이 아니었다.

고래 싸움에 끼어든 새우라도 이 정도로 무기력하지는 않을 것 같다.

호랑이와 용의 싸움에 끼어 오도 가도 못 한 채 그 발밑에 짓밟히는 개미떼, 그들이 딱 그 짝이었다.

괜한 오지랖이었다. 천지분간 못하는 무지몽매함이었다. 토벌대에 합류하며 스스로를 대견해 하고 우쭐해 했던 것이 얼마나 주제모르는 착각이었는지 이제야 깨닫는다.

하지만 마냥 그렇게 공포와 경악 속에서 허우적대고만

있을 수는 없었다. 뭐라도 해야 했다. 비록 작은 힘도 되지 못하는 주제들이지만, 그래도 뭐라도 하고 싶었다. 아니, 뭐라도 할 수밖에 없었다.

"와아!"

누가 먼저랄 것도 없이 터져 나오는 함성.

"죽여! 저 괴물 강시를 죽여 버려!"

벽우의 무력에 겁에 질려 있던 만큼 자성의 천신과도 같은 신위에 열광한다.

그들의 염원은 점차 현실이 되고 있었다. 주먹과 주먹의 대결, 힘과 힘, 기와 기의 대결이 한바탕 요란하게 펼쳐진 후,

"쿨럭!"

벽우의 입에서 한 사발의 사혈이 토해져 나온 것이다. 반대로 자성은 멀쩡했다.

"와아아아아아!"

"쟁천이신장 만세! 삼절표랑 만세!"

어찌나 흥분했는지 여기에 있지도 않은 루하마저 소환을 하며 환호성을 질러 댄다. 그러나 정작 자성은 마냥 기뻐할 수가 없다. 안도할 수도 없었다.

뭔가 좀 이상했다.

'이 정도일 리가 없는데…….'

새로운 천주로 선택되어 자성 못지않은 힘을 부여받은 벽우다.

'순도의 차이라는 건가?'

벽우가 쟁천표국에서 먹어 치운 것은 그 대부분이 내단 조각인 청광편이었다. 반대로 자성이 먹은 것은 그간 루하가 모은, 온전한 내단만으로 만든 것이었다. 양을 떠나서 순도의 차이가 있는 거야 당연했다. 하지만 그렇다고 해도 이 정도여서는 안 되는 거였다. 무엇보다 다른 여타의 내단과는 비교도 안 되는, 자성이 가진 두 개의 내단 중 하나를 고스란히 취하지 않았던가? 더구나 벽우에게서 느껴지는 기의 파동을 보면 그 내단을 완전히 흡수한 상태가 분명했다. 그렇다면 순도 면에서도 결코 뒤처진다 할 수 없다.

양과 질 모든 면에서 앞서야 하는 벽우가 어째서 자신에게 밀리는 것일까?

'가진 힘을 다 쓰지 않고 있는 것인가?'

대체 왜?

이지를 상실한 상태에서 대체 왜? 뭐가 두려워서?

한 사발의 피를 토한 후 한층 더 탁해진 벽우의 동공을 보자 불현듯 뇌리를 스쳐 가는 것이 있다.

'설마, 폭주?'

벽우가 두려워하는 것, 그리해 지닌 모든 힘을 그와의 싸움에서 쏟아붓지 못하는 이유.

스스로의 폭주를 두려워하고 있다?

이성도 기억도 남아 있지 않은 그가?

'아니면 이성이 조금은 남아 있었던 건가?'

이미 한 번 재생을 완성하고 이지를 되찾은 그 영향이 아직 미치고 있는 것일까? 그도 아니면 그저 본능적으로 폭주에 대한 거부반응을 보이는 것일까?

아무튼 벽우가 두려워하는 것이 폭주라면, 그래서 가진 힘을 억누르고 있는 것이면 지금의 상황이 이해가 된다. 그리고 이 상황에서 자신이 해야 할 일도 명확하다.

'그렇다면 폭주하기 전에 끝을 낸다!'

벽우가 가진 힘을 다 쏟아내기 전에, 자신이 우세한 상황에 있는 지금 이 기회에 숨통을 끊어 버린다!

지체하지 않았다. 생각이 미친 순간 이미 그의 몸은 벽우를 향해 덮쳐 가고 있었다. 그런데, 그보다 벽우가 한발 더 빨랐다.

'뭐?'

황당하게도 그 순간 벽우가 몸을 돌려서는 냅다 달아나기 시작한 것이다.

벽우가 그렇게 나올 거라고는 전혀 예상치 못했기에 순간 멍해진 자성이다.

그리고 찰나간의 망설임.

벽우를 쫓기에는 여기에 있는 무림인들이 눈에 걸리는 것이다.

하지만 망설임은 길지 않았다.

지금 가장 중요하고 또한 가장 위험한 것은 벽우였다. 그리고 저들 무림인들에겐 루하가 준 무기가 있다. 북해빙궁의 고수들이 있고 최강의 갑주로 무장한 쟁천표국의 표사들도 있다. 벽우만 아니라면 어지간한 위험은 충분히 버텨낼 수 있을 것이었다.

그랬다. 지금은 벽우가 폭주하기 전에 벽우의 숨통을 끊어 놓는 것만을 생각해야 했다. 저들 무림인들의 안전을 위해서라도 그것이 최선이었다.

자성은 그 즉시 벽우를 쫓아 신형을 날렸다.

조금도 지체할 틈이 없었다.

미혼진 속이었다. 벽우를 시야에서 놓치는 순간 어쩌면 마지막일지도 모르는 이 기회가 허무하게 날아가 버릴지도 모르는 것이다.

*　　　*　　　*

"젠장! 대체 어디 있는 거야?"

루하가 답답한 표정으로 조급해한다.

벽우의 기운을 느낀 직후, 낙오된 무림인들을 이끌고 바로 출발을 한 것이 벌써 두 시진 전이다. 연화의 말대로 별도리 없이 한 걸음, 한 걸음 나아가고 있지만 여전히 본대를 만나는 길은 막연하기만 하다.

거기다 방금 전 엄청난 기의 충돌이 있었다. 소리도 진동도 전혀 느껴지지 않았지만, 분명 두 개의 기운이 충돌했다. 물론 그중 하나는 벽우의 것이다. 그리고 다른 하나는 자성의 것이 틀림없었다.

두 개의 기운이 격돌했다. 그런데 오히려 우세하게 밀어붙이는 것은 벽우가 아니라 자성의 기운이다.

하지만 마음을 놓을 수가 없었다. 마음을 놓기는커녕 더 조급해졌다. 벽우가 밀리고 있다는 것은 예상 밖의 일이지만, 반대로 자성이 벽우를 상대로 예상 밖의 선전을 벌이고 있다는 것은 그만큼 자성이 무리를 하고 있다는 뜻이니까.

시간이 없었다.

자성이 더 무리를 하기 전에 막아야 했다.

자성마저 한계를 넘어 버리면 이곳 천각산엔 그야말로 지옥도가 펼쳐질 것이었다.

그렇게 두 괴물의 격돌에 온 신경을 기울이며 조급히 걸음을 옮기고 있는데, 갑자기 싸움의 양상이 바뀌었다.

'어? 설마…… 도망치는 거야?'

갑자기 벽우가 급격히 방향을 틀어서는 어딘가로 맹렬히 질주하기 시작한 것이다.

이 또한 전혀 예상치 못한 전개였다.

아무리 자성에게 밀리고 있다고 해도 도주를 택할 정도로 압도당한 것은 아니었다. 더구나 벽우는 어딘지 모르게 힘을 억누르고 있었다.

힘을 억누른 채 도주를 택했다?

도무지 이해할 수 없는 상황에 어리둥절해하는 사이에도 쫓고 쫓기는 추격전은 급박하게 이어지고 있었다. 그리고 그리 오래지 않아,

'따라잡았다!'

자성이 벽우를 따라잡았다.

콰콰콰콰!

필설로 형언할 수조차 없을 강대한 기운이 뒤쪽에서부터 대기를 부수며 벽우를 덮쳤다. 더는 도망칠 수도, 피할 수도 없다는 것을 본능적으로 깨달은 벽우가 급격히 몸을 돌려서는 자신을 향해 덮쳐오는 강기를 맞받았다.

쾅!

폭발음이 터지고, 벽우의 몸이 실 끊어진 연처럼 튕겨져

날아간다. 그 뒤를 그보다 빠르게 쫓는 자성의 주먹에서는 응축되고 응축된 기가,

구오오오—

소름 끼치는 괴음을 내며 시커먼 아지랑이를 피워 올린다.

'여기서 끝낸다!'

이미 작심한 대로 자성은 손속에 조금의 사정도 두지 않았다. 벽우를 단숨에 따라잡아서는 그 주먹에 잔뜩 머금고 있는 묵빛 죽음의 강기를 냉혹하게 쏟아 냈다.

그런데, 그 묵빛 죽음의 강기에 벽우가 집어삼켜질 찰나였다. 미력한 저항조차 할 수 없을 만큼 무기력하게 튕겨져 날아가던 벽우가 돌연,

"크아앙!"

포효성을 터트리며 자신을 향해 덮쳐드는 묵빛 강기를 향해 주먹을 뻗는 것이 아닌가?

콰콰콰콰콰콰콰콰쾅!

그야말로 천지가 요동쳤다.

폭발성도, 뒤이어 터지는 후폭풍도 지금까지와는 차원이 다르다.

"큭!"

그리고 자성이 받은 충격 또한 지금까지와는 사뭇 다른

것이었다.

두 기운이 충돌한 곳은 사방 삼백여 장이 마치 운석이라도 떨어진 것처럼 움푹 파였고, 그곳으로부터 주르륵 미끄러져 나간 자성의 앞은 그야말로 초토화가 되어 흉물스러운 모습을 드러내고 있었다. 자성이 받은 충격 또한 상당해서 얼굴이 핏기 한 점 없이 창백했다.

벽우라고 크게 이득을 본 것은 아니었다. 하지만 그렇다고 크게 손해를 본 것 같은 모습도 아니었다.

가슴에 싸늘한 찬바람이 분다.

역시 힘을 억누르고 있었다. 그리고 방금 억누르고 있던 힘을 해방했다. 그러나 그마저도 전부는 아니다.

폭주를 두려워함인지, 아니면 다른 이유가 있는 건지, 그 위급한 상황에도 힘을 다 꺼내지 않았다. 그런데도 크게 이득을 보지 못했다.

'지금 밖에 없다.'

여기서 끝장을 봐야 할 이유가 더욱 명확해졌다.

물론 그러자면 그 역시 한계점까지 힘을 해방해야 한다.

'버틸 수 있을까?'

모르겠다. 그러나 망설이지 않았다. 고민하지도 않았다. 지금은 오직 최대한 빠르게 벽우의 숨통을 끊어 놓는 것에만 집중할 뿐이다.

그리해 자성이 지체 없이 벽우를 덮쳤다.

다시금 펼쳐지는 두 괴물의 격돌. 이어진 것은 실로 공전절후의 쟁투였다.

전에도 없고 앞으로도 없을 것 같은 대결이었다. 그 대결에 하늘이 울고 땅이 비명을 토한다. 시간도 정지한 듯 퍼붓는 폭우마저 멈춘다.

그랬다. 그야말로 무림사에 다시 없이 기억될 전무후무한 싸움은 그렇게 보는 사람 하나 없이 펼쳐지고 있었다. 하지만 그 싸움은 자성의 의도와는 전혀 다르게 흘러가고 있었다.

길어지고 있다.

좀처럼 승부가 나지 않는다.

거의 한계점에 이르도록 힘을 해방했는데도 형세는 처음 그대로다. 심지어 부딪치면 부딪칠수록 철벽과도 같은 벽우의 막강함에 혀를 내두르게 된다.

이대로라면 버티지 못하는 것은 오히려 자성 쪽이다.

아니, 벽우가 마음만 먹었다면 상황은 지금보다 훨씬 더 자성에게 좋지 않게 돌아가고 있었을 것이다.

그건 단지 폭주에 대한 두려움으로 힘을 억누르고 있는 때문만은 아니었다. 어이없게도 벽우는 그와 공전절후의 쟁투를 벌이는 중에도 그 싸움에 전혀 집중을 못 하고 있다. 순간순간 어딘지 모를 곳을 향해 한눈을 팔아 대는가 하면, 그 눈에 스쳐 가는 것은 뭔지 모를 탐욕과 간절함이 었다.

새삼스럽지는 않다.

다만 저 탐욕과 간절함이 뭘 향한 것인지가 궁금할 뿐이다. 하지만 갑자기 거세진 벽우의 공격에 그런 호기심마저 계속 붙들고 있을 수 없었다.

지루한 공방이 벽우도 짜증 났던 모양이다. 신경질적으로 내지르는 주먹에 한층 더 강해진 기운이 실리고 맞받아치기에는 역부족임을 느낀 자성이 양손을 교차하며 이를 막아 보지만,

콰앙!

벽우의 주먹이 교차한 자성의 양손을 튕겨 버렸다. 벽우의 주먹은 거기에서 그치지 않고 자성의 얼굴을 그대로 강타했다.

"크흑!"

자성이 한 가닥 신음을 토해 내며 튕겨져 나갔다. 다행히 마지막 순간에 몸을 비틀어 정통으로 맞진 않았지만, 비껴 맞았는데도 그 충격은 온몸의 기혈이 다 진탕될 정도였다.

아찔하고 가슴 서늘한 순간, 자성은 이를 악물어 신형을 바로 세우는 한편으로 급히 진탕된 기혈을 진정시키며 벽

우의 다음 공격을 대비했다.

그런데 다음 공격이 없다.

승부를 결정지어 버릴 수도 있을 이 절호의 기회는 안중에도 두지 않은 채 다시 어딘가로 달려간다.

대체 뭐가 저리도 벽우를 끌어당기는 것일까?

자성은 그 즉시 벽우의 뒤를 쫓으려 했다. 하지만 급히 한 발을 떼는 순간 겨우 진정시킨 기혈이 다시 뒤틀리며 휘청, 다리의 힘마저 빠진다.

그러나 미적대고 있을 시간이 없다. 대체 뭐가 저리도 벽우를 끌어당기고 있는지는 모르지만 한 가지는 확실했다.

순간순간 탐욕으로 이글거리던 벽우의 눈. 야성과 파괴의 본능밖에 남지 않은 그가 만사를 제쳐 두고 드러낼 탐욕이라는 것은 하나밖에 없다.

보다 강한 힘.

벽우가 그것을 가지게 되면 벽우는 필경 지금보다도 훨씬 더 위험한 존재가 될 것이었다.

그리해 이를 악물어 올라오는 울혈을 씹어 삼키고는 필사적으로 벽우를 쫓았다.

그렇게 얼마나 달렸을까?

거리는 점점 벌어져 벽우의 그림자마저 흐릿해지려는 그때였다.

그의 시야로 어떤 한 사내가 나타났다.

갑작스럽게 들이닥친 벽우를 보며 당황한 기색이 역력한 얼굴은 자성도 익히 아는 얼굴이었다.

'태사로…….'

언젠가 그를 찾아와 상아의 조부를 죽이고 상아마저 죽이려 했던 자, 그리해 그에게서 혈족의 염원을 등지게 만든 자, 그리고 지금의 벽우를 있게 한 자.

혼천마교의 태사로 이찬.

자성이 이찬을 확인한 그 순간이었다.

벽우가 보였던 탐욕의 실체가 드러났다.

이찬에게로 달려든 벽우가 이찬의 손에서 빼앗듯이 낚아채는 물건은 다름 아닌 환혼단이었다.

'저것이 어떻게……?'

루하가 가지고 있던 것이었다. 그것도 루하의 팔목에 채워져 있던 팔찌 그대로의 모습이었다.

왜 저것이 이찬의 손에 있단 말인가?

허면 루하는? 루하와 함께 있던 연화는?

자성이 혼란에 빠진 그때 벽우가 팔찌째 환혼단을 입에 털어 넣었다.

"안 돼!"

순간, 기겁하듯 놀라서 벽우에게로 달려든 것은 이찬이

다.

토벌대를 쓸어버리라고 보냈던 벽우가 난데없이 여기에 나타난 것만 해도 기함할 노릇인데, 자신에게서 환혼단을 가로채 그것을 먹으려고까지 한다.

이찬의 가슴속에 움튼 야심을 떠나서 그렇게 먹어서는 안 되는 물건이었다. 이찬 개인이 벽우의 재생이 완성되는 것을 원하지 않는 것과는 별개로, 환혼단을 취하려면 정화를 위한 피의 제물이 반드시 필요했다. 정제되지 않은 상태로 환혼단을 취한다면 그 뒤가 어떻게 될지는 그조차 알 수가 없었다.

그리해 다급히 벽우에게 달려들며 제혼령을 꺼내 들려 했지만, 미처 제혼령을 꺼내기도 전에 벽우가 가볍게 떨쳐 내는 손길에 그의 몸은 의식과 함께 아득히 날아가 버렸다.

'이런!'

그 모습에 자성이 얼굴을 구겼다. 이찬마저 그토록 다급해할 정도였으니 지금 사태가 얼마나 심각한 상황인지는 충분히 짐작할 만했다. 그러나 어찌해 볼 도리가 없었다. 벽우와는 그의 손이 닿지 않을 만큼이나 거리가 멀어져 있었고, 뒤늦게 그가 다다랐을 때는 이미 벽우가 환혼단을 우걱우걱 씹어 삼킨 이후였다.

꿀꺽―

끝내 환혼단이 목구멍을 타고 넘어갔다.

변화는 그 즉시 일어났다.

"크으으으……."

고통으로 일그러지는 얼굴, 번득이는 안광은 회색이었다가 붉은색이었다가 또 검은색이 되기도 한다.

"끄으으으……."

점점 더 고통은 심해지고 꽉 깨문 입술을 비집고 새어 나오는 신음은 격해진다. 그 사이 줄기줄기 뿜어나는 시뻘건 기운은 거기에 닿는 모든 것들을 녹여 버린다. 풀뿌리도, 돌부리도, 나무도, 바위도…….

붉디붉어 핏빛보다도 깊고 진한 기운은 온 산을 다 녹여 버리기라도 할 듯이 맹렬한 기세로 번져 가고 있었다.

그야말로 삽시간이었다.

눈앞에서 펼쳐지는 그 무시무시한 광경을 잠시 멍하니 보고 있던 자성이 급히 정신을 수습하고는 몸을 날렸다. 그리고 고슴도치처럼 웅크린 채 이젠 아예 비명을 지르다시피 하고 있는 벽우를 향해 그 순간 그가 낼 수 있는 최대의 일격을 날렸다.

콰앙!

그러나,

"큭!"

무방비 상태의 벽우를 때렸건만 오히려 타격을 받고 밀려난 것은 자성이다.

통하지 않는다.

한계점까지, 아니, 그 이상의 힘을 실었건만 그의 일격은 벽우에게 전혀 닿지 않았다. 아무런 타격도 주지 못했다. 타격은커녕 줄기줄기 뻗어나고 있는 그 핏빛 사기(邪氣)에 막혀 너무도 무기력하게 튕겨나가 버렸다.

'이게 무슨……!'

자신의 일격을 튕겨 버릴 정도의 반탄지기(反彈之氣)라니?

자성은 등골이 다 서늘해지는 것을 느꼈다. 긴장으로 꽉 말아 쥔 손도 축축하다.

자신의 일격이 고작 반탄지기에 막혔다는 것을 어찌 받아들여야 한단 말인가? 대체 벽우의 몸에서 무슨 일이 일어나고 있는 것일까? 저 변이의 끝에 무엇이 나오려는 것일까?

답은 금방 나왔다.

맹렬한 기세로 번져 가며 천각산을 뒤덮었던 핏빛 사기가 마치 시간이 거꾸로 돌기라도 하듯 다시 급격히 줄어드는가 싶더니 언제 그랬냐 싶게 벽우의 몸 안으로 갈무리되었고, 그리해 고슴도치처럼 웅크리고 있던 벽우가 다시 몸

을 일으켰을 때 자성은,

"음……."

저도 모르게 무거운 침음성을 흘리며 주춤 걸음을 뒤로 물려야 했다.

딱히 벽우의 기운이 더 강해졌거나 사나워진 때문이 아니었다. 오히려 지금 벽우는 평온하고 차분해진 느낌이었다. 그런데도 왠지 모르게 본능이 위험 경보를 울려 대고 있다.

그때 벽우가 자성을 본다.

회색 동공도 핏빛 혈광도 없다. 그 눈동자는 자신의 것과 같은, 그리고 연화의 것과 같은 선명한 검은색이다. 그리고 흘러나오는 말.

"자성……이로군."

말투는 약간 어눌하지만 명확한 의미를 담아 낸다.

'재생을 완성한 건가?'

아니다. 지금 벽우에게서 뿜어져 나오고 있는 평온하고 차분한 분위기와는 달리, 더 깊은 곳에서 느껴지는 이질적인 기운은 정순하다 싶을 정도로 짙은 사기(邪氣)였다. 아니, 그것은 차라리 사기(死氣)에 더 가깝다.

진득하게 드리워진 죽음.

분명 이지가 돌아왔는데도 벽우에게선 살아 있는 자의

생기가 전혀 느껴지지 않는다.

그것을 벽우 스스로도 느낀 모양인지 무심코 주먹을 쥐어 보는 그의 눈에는 의아함과 마뜩지 않음이 같이 묻어나고 있었다.

"크르…… 나…… 완성되지 않았나?"

재생을 완성했을 때와는 다른 감각들……. 마치 잠에라도 취한 듯이, 아직도 꿈속이기만 한 것처럼 모든 것이 몽연하기만 한 기억들을 거슬러 올라 지난 일을 떠올렸다.

'저희의 새로운 천주가 되어 주시지 않겠습니까?'

이찬으로부터 그 말을 들었을 때 망설임은 있었다.

어렵게 완성한 재생을 포기하기에는 많은 것들이 불확실했기 때문이다. 그럼에도 결국 수락을 한 것은 이백 년 전의 앙금 때문이었다.

그는 새로운 세상의 주인이 되고 싶었다. 일족에게 씌워진 그 가혹한 천형으로 인해 포기하고 버려야 했던 모든 것들을 손아귀에 쥐고 싶었다. 그러기 위해서라도 천주는 그의 것이어야 했고, 또한 그의 것임을 믿어 의심치 않았다. 한데, 자성에게 밀렸다. 일족은 새 세상의 주인으로 자성을 선택했다.

그것은 그에게 있어 처음으로 맛본 좌절이었다.

하지만 받아들였다. 일족의 미래를 위한 일에 자신의 자존심 따위는 서푼의 가치도 없는 것이었으니까.

그렇게 일족을 위해 굴욕까지 참아 가며 기꺼이 양보를 했건만 자성은 한낱 계집아이 때문에 그 자리를 버렸다. 그 소식을 들었을 때는 정말이지 주체할 수 없는 분노를 느꼈다. 당장이라도 달려가서 자성과 그 계집아이의 목을 꺾어 버리고 싶은 심정이었다. 그러나 두 개의 내단으로 스스로 되살아난 자가 된 자성을 그가 무슨 수로 죽일 수 있겠는가. 그리해 새 천주가 되는 길을 택했다.

애당초 자성은 자격이 되지 않았다. 나야말로 진정으로 일족의 미래를 열 수 있는 자다. 그러니 나는 마땅히 앉아야 할 자리에 앉는 것인데 무엇을 두려워하고 무엇을 망설인단 말인가.

그리해 새로운 천주가 되기 위해 스스로를 다시 재생을 위한 잠에 들게 했고 이렇게 다시 깨어났다. 한데, 이 모양이라니? 이렇게 어중간한 상태라니?

재생이 완성되지 않았다면 이렇게 깨어나서는 안 되는 것이었다. 그리고 깨어났다면 당연히 재생은 완성되어 있었어야 했다.

대체 어찌하여 이도 저도 아닌 상태가 되어 버렸단 말인가?

아무것도 기억이 나지 않는다.

두 번째 재생을 위한 잠에 든 이후의 그 어떤 기억도 남아 있지 않다. 심지어 조금 전 자성과 싸웠던 것도, 그러는 중에 느낀 극심한 갈증도, 그 갈증의 끝에 무언지 모를 끌림을 느끼고 그 끌림을 따라 무작정 달렸던 것도, 그리고 환혼단을 먹은 일도…….

그러니 자신의 상태가 왜 이런지도 전혀 알 수가 없다.

재생이 완성되지 않았다.

한 번 살아났기에 그 차이는 더 명확하다.

무엇보다 가시지 않는, 생을 향한 타는 목마름이 그대로다.

'대체…….'

뭐가 어떻게 된 건지는 모르겠지만 왠지 모르게 화가 난다.

무엇을 향한 분노인지도 모르겠다.

당장 눈앞에 알짱거리는 자성의 존재가 거슬리는 건지, 이도 저도 아니게 되어 버린 자신의 상태가 못마땅한 건지, 그도 아니면 대상도 이유도 없는 맹목적인 분노인지…….

그저 부수고 싶었다. 눈에 보이는 모든 것들을.

그저 죽이고 싶었다. 살아 있는 모든 것들을.

그랬다.

질투인지 시기인지, 그도 아니면 자신이 이루지 못한 것들에 대한 상실감인지 살아 있는 모든 것들에 화가 난다.

"크르르…… 죽……인……다!"

평온하고 차분했던 분위기가 단숨에 거칠어지고 그의 몸에선 그것에 반응하듯 다시금 시커먼 사기가 피어오른다.

"역시 완성된 것이 아니로……."

벽우의 그 같은 모습에 자성이 그렇게 중얼거렸지만, 그 말은 끝을 맺지 못했다. 그의 말이 채 끝나기도 전에 벽우가 들이닥친 때문이었다.

빨랐다. 미처 대비도 못 할 만큼.

인중을 향해 파고드는 주먹조차 눈으로 보지 못했다. 그저 무언가 섬뜩함을 느끼고 본능적으로 팔을 들어 막는 게 그 순간 자성이 할 수 있는 전부였다.

콰앙!

"큭!"

들어 올린 팔목으로 지금껏 경험한 적이 없는 강력하면서도 묵직한 충격이 강타하고, 그 거력을 이기지 못하고 주르륵 미끄러지는 자성이다. 그러나 미처 대비를 못 한 것치고는 크게 당황하지 않았다. 충분히 경계는 하고 있었기에 그런 와중에도 벽우를 놓치지 않고 눈에 담았다.

파파파파파파파팟—

바람을 부수며 벽우가 달려오고 있었다. 자성은 그 즉시 신형을 바로잡음과 동시에 달려드는 벽우를 향해 주먹을 날렸다. 아니, 날리려고 했다. 하지만 그 순간 벽우가 뿌연 잔상만을 남기고는 시야에서 사라져 버렸다.

"······!"

자성의 눈에 당혹감이 스치는 그때, 머리 위쪽에서 섬뜩한 기운이 느껴졌다. 급히 고개를 들어 올리는 그의 시야에 급속도로 떨어져 내리고 있는 벽우의 팔꿈치가 보였다.

피할 수 없다. 찰나간 머리를 강기로 보호하며 팔을 들어 올렸다.

쾅!

엄청난 충격이 팔을 퉁겨 내고 강기를 부순다.

"크흑!"

터져 나오는 신음.

그리고 이십 장이 넘게 박혀 버리는 자성의 주위로 마치 공간이 일그러지듯 땅이 일렁인다 싶은 순간,

콰콰콰콰콰콰콰콰!

거대한 충격파가 일어나며 땅이 폭발한다.

시야에 닿는 공간이 초토화되어 버린 그 중심에서 자성이 비틀거리며 '쿨럭' 한 사발의 피를 토한다. 그러나 그것

으로 끝이 아니었다. 아예 그걸로 숨통을 끊어 버릴 요량인지 벽우가 이미 그 위로 다시 권풍을 날리고 있었다.

콰아앙!

아예 짓이겨 버리기라도 할 듯이 더 큰 충격이 자성을 강타했다.

콰콰콰콰콰콰콰콰콰콰콰!

더 거대한 충격파가 폭발했다.

그런데 의외인 것은, 흙먼지가 가라앉고 폐허가 된 그 공간에서 가루도 남아 있지 않을 것 같던 자성이 처음과 크게 다를 바 없는 모습으로 멀쩡히 서 있다는 것이다.

그 모습에 벽우마저도 예상 밖인지 무시무시했던 공격을 멈추고 멈칫한다.

하지만 사실 의외일 것까진 없는 일이었다.

결국 모든 힘을 해방해 버렸으니까.

끝끝내 막고 있던 한계의 벽을 스스로 허물어 버렸으니까.

목줄을 채워 두었던 그 통제되지 않는 새 내단의 힘을 결국 다 끄집어내어 버렸으니까.

문득 루하의 말이 떠오른다.

그가 새 내단의 기운을 통제할 수 없는 상황이 와 버린다면 혀라도 깨물고 자살하라고 했다.

그 말을 떠올리자 절로 쓴웃음이 지어진다.

'굳이 자살까진 할 필요는 없을 것 같군.'

자성의 눈이 벽우를 향한다.

압도적인 힘, 아니, 그것은 절대적 힘이라 해야 맞을 듯하다.

그 절대적인 힘 앞에 자신의 통제되지 않는 힘은 그저 미약한 저항일 뿐이다.

뻔한 싸움이다.

절대로 이길 수 없다.

설혹 통제되지 않는 힘에 집어삼켜져 폭주 상태가 된다하더라도 결과는 크게 다를 것 같지 않다.

그러니 지금 벽우와 싸우려는 것 자체가 그로서는 자살행위나 다름없는 것이다.

'뭐, 덕분에 이것저것 잴 것 없이 원껏 싸울 수는 있게 되었다만…….'

자성의 눈빛이 강렬하게 빛을 낸다. 그리고 그 입가에 머금은 미소도 한층 더 시원해진다.

이 암담하고 절망적인 상황에서도 불끈불끈 치밀어 오르는 것은 호승심이고 승부욕이었다.

참으로 오랜만에 느껴보는 감정이다. 무려 이백 년 만이 아니던가. 그런 만큼 지금 이 순간의 긴장이, 짓눌러오는 압박감이 썩 나쁘지 않다.

그리해 이번에는 자성이 먼저 벽우를 향해 신형을 날렸다.

이어진 것은 필설로는 다 형언할 수 없는 무지막지한 싸움이었다.

치열하게 공방이 오가고 그럴 때마다 하늘이 울고 땅이 요동친다. 하지만 세상 다시없는 두 괴물의 그 무지막지한 싸움에도 불구하고 형세는 너무나 예상대로 흘러가고 있었다. 뻔하다. 그 어떤 변수도 없다. 변수가 생겨나기에는 힘의 차이가 너무도 극명하다.

그만큼 벽우는 강했다.

절대적인 강함, 절대적인 위엄, 절대적인 존재감.

그랬다. 지금 벽우는 그야말로 절대자였다.

'어쩌면…… 죽은 자가 산 자 위에 군림할 수도 있겠구나!'

이찬은 절대적인 위용을 뽐내고 있는 벽우를 보며 뭔가 마음 깊은 곳에서 올라오는 희열을 느꼈다.

벽우의 일수에 오른팔이 어깻죽지부터 떨어져 나갔고 오장육부의 기혈이 죄다 뒤엉켜 버렸건만, 고통조차 느낄 새가 없을 정도로 이 순간 느끼는 희열은 컸다.

야심 때문이 아니었다.

벽우를 통해 만들어 갈 다음 세상에 대한 기대 때문도 아니었다.

벽우가 만들어 내고 있는 그 절대적인 힘을 보며 스스로가 생각해도 허무할 만큼 마음에 들어차 있던 야심이 조각조각 부서져 버렸다.

아니, 그전에 이미 야심으로 벌였던 모든 것이 어긋나 버렸다. 벽우가 미완성의 몸인데도 이지를 찾지 않았는가.

이젠 그를 길들일 수도 부릴 수도 없다. 그러니 그를 부려 천하를 자신의 발아래 두겠다는 계획도 모두 수포로 돌아갔다. 그렇게 야심이 꺾이자 처음으로 선대의 마음이 보였다.

그들 일족을 섬겼던, 기꺼이 섬길 수밖에 없었던 그 마음이 어렴풋이나마 이해가 된다.

절대적인 강함 앞에 저절로 숙여지는 머리와 굽혀지는 마음이 어떤 건지, 그 동경과 경애가 어떤 의미이고 어떤 가치인지 비로소 알 것 같았다.

그리해 수하에게 명했다.

"미혼진을 해제하거라."

"예? 그게 무슨……?"

이찬의 갑작스러운 말에 수하가 의아해하자 이찬이 덧붙

였다.

"이곳에 온 무림인들 모두에게 보여 줄 것이다. 저분의 강함을, 저 절대적인 힘을. 그리해 저분 앞에 스스로 마음을 꺾고 무릎을 꿇게 할 것이다."

"허나…… 미혼진을 풀면 삼절표랑도 곧 이곳으로 달려올 것인데……."

"무엇이 두렵겠느냐? 어느 무엇이 저분을 막을 수 있겠느냐? 부서질 것이다. 저자도, 삼절표랑도. 그리고 그것을 보는 무림인들의 마음도 처참히 부서지겠지. 그러니 당장 미혼진을 풀고 무림인들을 이곳으로 모으거라."

第六章

거참 비 한번 우라지게도 쏟아지네

"어?"

순간 무림인들이 누구 할 것 없이 눈을 휘둥그레 뜬다.

시야가 시원해졌다.

산도 나무도 바위도, 눈에 들어오는 산의 정경은 특별히
변한 게 없는데도 뭔가 확 달라진 느낌이다. 아니, 느낌만
이 아니다. 일단 자욱하던 안개가 거짓말처럼 사라졌다. 그
렇다고 해도 퍼붓는 장대비에 시야가 흐린 것은 마찬가지
였지만 분위기라 할지 기분이라 할지, 안개만이 아니라 천
각산에 들어선 이후로 줄곧 마음을 답답하게 했던 음습한
기운도 사라져 마음이 뻥 뚫린 것처럼 개운했다.

"어떻게 된 거지?"

"미혼진이 해제된 건가?"

"왜 갑자기……?"

반가운 한편으로 혹시 또 다른 함정은 아닐까 싶어 한층 더 경계를 높이는 그때였다.

콰콰콰콰콰쾅!

어딘가에서 갑작스럽게 굉음이 터져 나왔다.

무림인들이 화들짝 놀라며 굉음이 들린 곳으로 일제히 시선을 던진다.

보이지 않는다.

멀다. 하지만 그 굉음이 무엇을 의미하는지는 군이 보지 않아도 알 수 있다.

조금 전 두 괴물이 그들의 눈앞에서 벌였던 그 가공할 만한 대결의 연장일 것이었다.

느껴지는 기의 파동만으로도 머리털이 곤두선다. 조금 전보다 훨씬 더 강렬하고 흉포하다. 누구 하나 먼저 몸을 움직이지 못하는데,

"다들 뭣들 하는 거야? 이 좋은 구경을 놓칠 셈이냐?"

말이 끝나기도 전에 이미 신형을 날리는 것은 북해빙궁주 교극천이었다. 교극천이 달려 나가자 그 뒤를 북해빙궁의 무사들이 따르고, 또 그 뒤를 쟁천표국의 표사들이 쫓는

다.

그들을 보는 무림인들의 얼굴에는 갈등이 짙어진다. 저 멀리 숨 쉴 틈 없이 격돌하고 있는 두 괴물의 기운은 감히 가까이 가는 것조차 엄두가 나지 않을 정도지만, 그래도 보고 싶었다. 교극천의 말대로 다시없을 구경거리다. 무림인들에게 있어 기꺼이 목숨을 걸 수 있는 세 가지가 바로 절세의 무공비급과 희대의 명검보도, 그리고 절대고수들의 비무가 아니겠는가. 하물며 그것이 고금을 통틀어 그 유례가 없는 것이라면 오죽하겠는가.

"갑시다! 어차피 마교 놈들과는 여기서 끝장을 봐야 하지 않습니까? 가서 힘을 보탤 수 있는 건 우리도 힘을 보태야지요!"

"맞습니다! 어차피 여기서 지면 죽는 건 매한가집니다. 구차하게 목숨을 부지한다고 해도 그 뒤는 죽음보다 못한 굴욕과 굴종만 있을 뿐입니다. 무엇이 무섭고 무엇이 아깝겠습니까? 이왕지사 여기까지 왔는데 이기든 지든 마지막 전쟁터에는 서 보아야 하지 않겠습니까?"

"옳소!"

"그래! 가십시다!"

"와아아아아!"

함성이 터진다.

호기는 높고 사기는 충천한다.

물론 자신들은 어차피 이번 전쟁의 승패에는 그다지 영향을 주지 못한다는 것을 다들 알고 있었다. 그럼에도 도무지 가만히 있을 수가 없었다.

가고 싶은 것이다. 보고 싶은 것이다. 천하의 운명이 걸린 그 역사의 현장에 현시대를 살아가는 무림인으로서 당당히 서 있고 싶은 것이다.

그리해 달려갔다.

흉포한 살기가 하늘을 부수고 격돌하는 힘이 천하를 찢어발기는 그 살벌무쌍한 곳으로.

그렇게 무림인들이 두 괴물의 싸움터로 달려가고 있을 그 무렵에도 루하 일행은 여전히 미혼진에 발이 묶여 있었다.

"뭐야? 또 무슨 일이 벌어지고 있는 거야?"

치열하게 펼쳐지던 벽우와 자성의 싸움에 변화가 생긴 것은 대략 일각쯤 전이었다.

벽우의 기운이 갑자기 강해졌다. 단지 강해졌다는 것만으로는 설명할 수 없는 급격한 변화가 감지된 것이다.

그것이 무언지는 모른다. 확실한 것은 자성이 그 변화를 감당할 수 없다는 것이다. 혹시 벽우가 폭주를 해 버린 게 아닌가 싶을 정도로 강렬한 기운에 루하는 심장이 다 철렁 내려앉을 정도였다.

그 바람에 더 조급해지기만 하는 상황. 일행을 이끌고 질척거리는 폭우 속 행렬을 더 서두르는데, 또 갑자기 무언가가 변했다.

콰콰콰쾅!

폭발음이 들린 것이다.

"와아아아!"

본대의 것으로 생각되는 함성도 들렸다.

그것은 미혼진에 빠진 이후 처음으로 듣게 된 외부의 소리였다.

순간, 드디어 미혼진을 벗어난 건가 싶었다. 하지만 기뻐할 새도 없이 얼굴부터 구겨야 했다.

미혼진을 벗어난 것이 아니었다.

외부의 소리가 들리긴 했지만, 그리 멀지 않은 곳에서 들리는 것 같은데도 왠지 막연하고 묘연했다. 여전히 방향이 잡히지가 않았다.

"본대 쪽은 미혼진을 벗어난 것 같은데…… 역시 제갈가주가 미혼진을 풀고 길을 연 건가?"

본대의 것으로 짐작되는 기척들이 어딘가로 급격히 달려가고 있었다. 어디로 달려가고 있는 건지는 모르지만 그 거침없는 질주가 그러한 판단을 내리게 한 것인데, 연화가 루하의 말을 부정하듯 고개를 젓는다.

"미혼진을 푼 게 아냐. 풀어 준 거지."

"풀어 줬다니?"

"길이 변했어. 전체적으로 진을 움직인 게 분명해."

"그러니까 혼천마교에서 일부러 미혼진을 해제했다고? 대체 왜? 아니 그 전에, 왜 우리는 그대론데?"

"우리라서 그렇겠지."

"......?"

정확히 무슨 이유로 진을 해제했는지는 모르겠지만 어차피 지금 상황에서 무림인들은 있으나 마나 한 전력이었다. 그러니 묶어 두든 풀어주든 큰 상관이 없다. 그러나 루하와 연화는 달랐다.

"우리가 끼어들면 전세가 바뀔 수도 있으니까."

연화의 짐작은 정확했다.

이찬은 모든 미혼진을 해제하라고 했지만, 그 명을 받은 수하는 벽우가 자성을 완전히 제압할 때까지만이라도 루하와 연화의 발을 묶어 두는 게 낫다고 판단을 내린 것이다.

그 바람에 상황은 더 안 좋아졌다.

벽우를 직접 상대하고 있는 자성도 자성이지만 문제는 무림인들이다.

차라리 미혼진 속이 안전했다. 미혼진이 걷히면서 태산도 주저앉힐 두 괴물의 싸움에 고스란히 노출되어 버린 것이다.

"그래서 우리는 어떻게 해야 하는 건데? 이대로 또 아무 대책 없이 길을 헤매야 하는 거야?"

루하가 답답해하며 얼굴을 일그러뜨리자 연화가 고개를 저었다.

"대책이 없지는 않아. 말했잖아, 길이 변했다고. 여기만은 어떻게든 남겨 두려 한 모양이지만, 전체적인 틀을 손대면서 여기도 영향을 받은 것 같아. 그리고 그렇게 변한 이 길…… 내가 아는 길이야."

"뭐? 진짜?"

듣던 중 반가운 소리에 루하의 얼굴이 환해지자 연화가 고개를 끄덕인다.

익숙한 길이다.

미혼진은 이백 년 전 그녀가 이곳에 잠들기 전부터 있었던 본래의 진법으로 돌아와 있었다. 그리해 주저 없이 성큼 걸음을 옮겼고, 이에 놓칠세라 루하가 급히 그 뒤를 따른다.

마침내 미혼진을 벗어난 것은 그로부터 이 각이 채 되지 않아서였다.

안개가 걷혔다. 시야가 넓어졌다. 그리고 시야가 닿는 그 끝에 그토록 찾던 것이 있었다.

산야를 가득 채운 무림인들……. 루하가 온 것도 모른 채 죄다 얼이 빠진 얼굴을 하고 있었다. 그도 그럴 것이 그 너머에서 자성과 벽우가 세상을 다 뒤집어 버릴 듯한 기세로 일진일퇴를 거듭하고 있었던 것이다.

치열한 공방을 거듭하고 있긴 했지만 한눈에 보기에도 위태로운 것은 자성이다. 가진 모든 힘을 다 짜내어 버티고 있는 것이 틀림없었다.

그런데도 선뜻 달려 나가지 못했다.

'저게 갑자기 왜 저렇게 된 거야?'

한눈에도 벽우의 변화를 알 수 있다.

짐작은 했지만 강해져도 너무 강해졌다. 환혼단마저 잃어버린 지금, 감히 저 싸움판에 끼어들 엄두조차 나지 않을 정도였다.

그렇게 루하가 주저할 때였다.

획—

루하와 달리 연화는 그 순간 조금도 지체하지 않고 싸움판으로 뛰어들었다.

"쳇! 그래도 핏줄이라는 건가?"

투덜거림보다 몸이 먼저 움직였다. 연화가 뛰어드는 마

당에 뒷짐이나 지고 있을 수는 없는 노릇 아닌가. 이왕 이렇게 된 거 죽이 되든 밥이 되든 합공으로 밀어붙이는 수밖에 없었다. 그리해 땅을 박차며 주먹을 뻗었고, 그의 주먹에서 벼락이 친다 싶은 순간 파운삼십육권은 공간을 건너 뛰어 연화보다도 먼저 벽우에게 닿았다.

콰아앙!

"크흥!"

예기치 못한 기습이었다. 예상을 했다 하더라도 막을 수 없는 절초였다. 자성을 향해 달려들던 벽우가 무방비 상태로 얼굴을 강타당하고는 놀란 신음성을 터트리며 튕겨 나간다. 그 뒤를 바짝 쫓는 연화의 입에서 차디찬 일갈이 터진다.

"천수만영(千手萬影)!"

순간 뻗어내는 투명한 소수가 수천수만 개의 잔영을 만든다.

그것은 실로 아름다운 광경이었다. 허공에 수놓아지는 수천수만 개의 소수가 마치 눈의 결정처럼 흩날려 오히려 보는 이로 하여금 그 아름다움에 넋을 잃게 만든다.

하지만 시간이 멈춘 듯 깃든 정적 위로 그 아름다운 소수들이 벽우를 강타한 순간,

콰콰콰콰콰콰콰쾅!

그것은 더할 수 없는 공포가 되어 공기도 바람도 얼려 버렸다. 물론 거기에 고스란히 노출된 벽우는 그대로 곤두박질치며 날리는 흙먼지와 함께 땅속으로 처참히 파묻혔다.

잠깐의 정적이 있고 함성이 터진다.

"와아아아아! 삼절표랑이다! 삼절표랑이 오셨다!"

이 대목에선 연화의 이름이 터져 나와야 할 것이건만 무림인들의 눈엔 루하밖에 보이지 않는 모양이다.

그렇게 무림인들의 환호 속에서 루하가 자성에게로 다가갔다.

상태가 말이 아니었다. 머리는 봉두난발에 입고 있는 의복은 성한 곳을 찾기가 어려울 정도로 누더기다. 지금까지 얼마나 처절하게 버텼는지 짐작하고도 남았다. 그러나 그보다 더 심각한 것은 흰자위가 거의 보이지 않을 만큼 시뻘겋게 충혈된 눈과 지렁이처럼 올라온 굵은 핏줄들이다. 당장이라도 터질듯 꿀럭거리는 것이 흉물스럽기 그지없었다.

루하가 그런 자성을 보며 눈살을 찌푸렸다.

"이래서야 어느 쪽이 진짜 괴물인지 모르겠네. 너무 무리한 거 아냐?"

루하의 물음에 자성이 입가로 쓴웃음을 머금는다.

루하가 못마땅한 듯 핀잔을 준다.

"그렇게 웃지 말지? 가뜩이나 험한 인상인데 그렇게 웃으니까 진짜 살벌하거든? 그러게 적당히 좀 하지."

"적당히 할 수 있는 상대가 아니니까."

"괜찮겠어? 내가 보기에 이미 한계를 넘은 것 같은데? 멀찌감치 물러서서 좀 쉬든가, 정 못 버틸 것 같으면 약속한 대로 일찌감치 여기서 자살을 하든가⋯⋯."

"아직은 버틸 만하군. 그리고 네가 준 내단, 길들이고 있는 중이다. 처음에는 야생마 같던 놈이 그래도 억지로 부리니까 곧잘 따라온단 말이지. 무엇보다⋯⋯ 지금은 쉴 때가 아니지."

자성의 시선이 벽우가 묻힌, 아직도 흙먼지를 풀풀 날리고 있는 곳으로 향한다. 루하도 수긍하듯 고개를 끄덕이며 자성을 따라 그곳으로 눈길을 돌렸다.

"그렇지. 지금은 한가하게 휴식이나 취하고 있을 때가 아니지."

크르르⋯⋯.

야성의 울음소리. 이윽고 뿌연 흙먼지 속에서 거뭇한 그림자가 터벅터벅 걸어 나온다. 연화의 그 무시무시한 공격에도 아무런 타격을 입지 않았다는 듯이 굳건하고 당당한 걸음으로.

어차피 그 한 수로 끝날 싸움이 아니었다.

'그래. 맹수 사냥은⋯⋯ 지금부터지.'

문제는 그 맹수가 사냥꾼보다 강하다는 것이다.

흙먼지 속을 헤치며 터벅터벅 걸어 나오는 거뭇한 그림자는 이내 제 모습을 드러낸다.

마음을 단단히 먹었는데도 심장이 떨려온다.

세상 두려울 것이 없던 루하건만 벽우가 드러내는 그 압도적인 존재감에 기가 다 질릴 지경이다.

그런 그의 눈에 불현듯 이채가 떠올랐다.

"어? 저거…… 다시 사람으로 돌아온 거야?"

그제야 벽우의 눈을 본 것이다.

회색 동공도 핏빛 혈광도 아닌, 사람의 것과 같은 검은 눈동자와 흰자위를 가지고 있다.

뭔가 변화가 있었다는 것은 짐작했지만 그것이 재생의 완성일 거라고는 미처 생각지 못했다.

'그래서 저렇게 갑자기 강해진 거였나?'

재생 전과 재생 후 힘의 차이는 아예 다른 존재라 해도 틀리지 않을 만큼 비교 불가였다. 그러니 어떤 계기로 그 사이 벽우가 재생을 완성했는지는 모르지만, 벽우의 저 변화가 그제야 이해가 된다. 그런데,

"네…… 놈들…… 크르…… 죽인…… 다……. 크르……."

마치 사신마냥 더할 수 없는 살기를 뿌려 대며 다가오는

벽우의 말투가 이상했다.

"쟤 왜 저래? 사람으로 돌아왔는데 말투는 왜 저 모양이야?"

중간중간 섞여 나오는 짐승의 울음소리는 또 뭐란 말인가?

"제대로 된 과정을 거치지 않았으니까."

옆에서 자성이 그렇게 대답했다.

루하가 의아해하며 반문했다.

"제대로 된 과정을 거치지 않았다니?"

"환혼단을 먹었다. 잘은 모르나 그렇게 먹어서는 안 되는 물건이었던 모양이야."

"환혼단을 먹었다고? 어떻게?"

"그거야 그대가 더 잘 알고 있을 것 같은데? 그건 분명 그대가 가지고 있던 환혼단이었으니까."

설혹 환혼단이 하나만 있는 것이 아니라고 해도 루하의 것인지 아닌지 구분하는 것은 전혀 어렵지 않다. 루하가 가지고 있던 환혼단은 재생 괴물의 내단과 합쳐지며 외형부터가 확연하게 달라졌으니까.

'그러니까 그걸 어떻게 쟤가 먹었느냔 말이지!'

이곳으로 오기 전 실수로 잃어버린 환혼단이 어째서 지금 벽우의 뱃속에 있단 말인가?

아니, 지금은 그게 중요한 것이 아니다. 벽우가 어떻게 그걸 취했느냐가 아니라, 그걸 벽우가 취했다는 것이 중요했다.

환혼단의 효능이야 세상 누구보다 잘 아는 루하다.

그것이 내단에 어떠한 작용을 하는지, 얼마나 엄청난 변화를 일으키는지 너무도 잘 알고 있다. 그가 공령지체를 이룬 것도, 그리해 자연경에 한 발 다가선 것도 환혼단의 영향이지 않았던가.

그걸 벽우가 취한 것이다.

재생이 완성된 것이든 그렇지 않았든 이제 그건 하등 상관이 없다. 벽우가 환혼단을 먹은 것이 사실이라면 조금 전 보았던 그 무시무시한 힘이 전부가 아닐 것이었다. 지금 보여 주는 저 압도적인 존재감 또한 그저 시작에 불과할 것이다.

'이거 정말 여기서 다 죽게 될지도 모르겠는데?'

방금 전까지만 해도 막연하게나마 셋이서 힘을 합치면 어떻게든 되지 않을까 생각했다. 그런데 저 변화의 이유가 환혼단이라는 사실을 알고 나니 완전히 전의 상실이다.

하지만 그런 루하와는 달리, 그 순간에도 벽우를 향해 거침없이 공격을 가하는 연화다.

"소수연혼(素手練魂)!"

다시 투명한 소수가 주위 모든 것을 얼려 버리며 벽우를 강타하고,

"수라혈폭(修羅血暴)!"

이에 뒤질세라 자성마저 벽우를 향해 신형을 날린다.

그렇게 되고 보니 전의 타령이나 하고 있을 때가 아니다. 여기서 혼자 미적거리다 각개격파를 당하게 되면 그땐 정말이지 이 자리가 그의 무덤이 되고 명년 오늘이 그의 제삿날이 될 테니까.

"그래! 한번 죽어 보자! 뇌력혈아(雷力血蛾)!"

그 즉시 루하의 주먹에서도 파운삼십육권이 터졌다.

하늘을 덮는 소수, 난무하는 강기, 그리고 흔적도 기척도 없이 터지는 루하의 파운삼십육권은 그야말로 더할 수 없이 완벽한 합벽진이 되어 벽우를 몰아쳤다.

휘몰아치는 일진광풍.

그런데도 버틴다.

틈새 없이 뒤덮는 연화의 소수가 마치 실체 없는 연기에라도 닿은 듯이 허공으로 흩뿌려지고, 자성이 뿌려 대는 강기의 폭풍은 가볍게 휘두르는 벽우의 손에 간단히 막혀 버린다. 루하의 파운삼십육권조차 분명 제대로 들어가는데도 주먹 끝에 닿는 타격감이 철벽에라도 막힌 듯이 공허하다.

"젠장! 뭐가 이따위야!"

답답한 마음에 입에서는 절로 욕설이 터진다.

루하는 필사적이었다.

숨 쉴 틈도 없이 필사적으로 파운삼십육권을 내지르고 있었다. 그나마 지금이야 수세를 취하고 있지만 벽우가 방어 태세에서 공격으로 전환하는 순간, 마치 몰아치는 해일 위의 일엽편주처럼 손 쓸 도리 없이 쓸려나가게 될 거라는 두려움에 도저히 주먹을 멈출 수가 없었다. 그런데도 전혀 타격을 주지 못하고 있으니 더 환장할 노릇이다.

한데, 그렇게 답답한 공방이 이어지고 있던 그때였다.

쾅!

허공으로 맥없이 흩뿌려지던 연화의 소수가 처음으로 벽우의 옆구리에 박혔다.

"크흥!"

허리를 크게 휘청하며 외마디 신음까지 토하는 것이 충격이 적지 않아 보였다. 그 틈을 놓치지 않고 자성이 단숨에 공간을 격하며 벽우의 품속으로 파고들었다. 그리고 시뻘겋게 달아오른 혈조(血爪)를 그 심장에 찔러 넣었다.

그러나 갈고리 같은 손톱이 심장을 파고들려는 찰나, 벽우가 팔을 들어 막는다.

쾅!

혈조와 벽우의 팔이 충돌하고,

"크헝!"

이젠 신음이 아니라 비명이라 할 만한 것을 토하며 주르
륵 미끄러진다.

"역시 최강의 남매!"

정체되고 답답했던 상황에서의 진전이었던 터라 저도 모
르게 반가움의 환호가 터진다.

이쯤 되고 보니 나중의 일이야 어떻든 무리를 하면서까
지 내단을 보충한 연화의 결정은 옳은 선택이었다. 아까운
내단을 싹싹 긁어다 자성에게 새 내단을 만들어 준 것도 아
주 잘한 일이었다. 저들 최강의 두 남매 없이 혼자서 지금
저 괴물을 상대해야 했다 생각하면 눈앞이 다 아찔해져 올
지경이었다.

어쨌든 승기를 잡을 수 있는 절호의 기회가 왔다.

지금 이 순간 그가 할 일은 하나였다.

있는 힘, 없는 힘 다 짜내어서 흔들리고 있는 벽우를 짓
이겨 놓는 것.

"뇌격붕천!"

쾅!

"크악!"

통한다. 연화와 자성의 공격에 신체의 균형이 무너진 것
인지 주먹 끝에 닿는 타격감이 조금 전과는 확연히 다르다.

'좋아!'

언제 전의를 잃었었냐는 듯 제대로 기세가 올랐다.

"개산풍운벽!"

"광뢰연환폭!"

"천개멸화격!"

루하는 정말이지 벽우를 아예 가루조차 남기지 않을 작정으로 파운삼십육권 중에서도 가장 강력한 절초들을 쏟아 부었다. 그리고,

"천멸겁!"

가진 모든 기운을 응집시켜 파운삼십육권 최고 최강의 절초에 담았다.

콰르르릉!

하늘을 부술 듯한 뇌성벽력이 주먹 끝에서 터지고,

콰아앙!

그보다 거대한 폭발음이 벽우에게서 터졌다.

그런데,

"큭!"

마지막 숨통을 끊어 버릴 작정으로 혼신의 힘을 다해 내지른 일격이었건만, 정작 신음을 토하며 튕겨져 나간 것은 벽우가 아니라 루하였다.

'뭐, 뭐야?'

튕겨져 나가면서도 뭐가 어떻게 된 건지 어리둥절하기만 한 루하다.

분명 천멸겁은 제대로 시전되었다.

그런데…… 막혔다.

'파운삼십육권이 막혔다고?'

완벽하게 다룰 수 있게 된 이후로 단 한 번도 막힌 적이 없는 파운삼십육권이다. 막는다는 것이 사실상 불가능한 것이었다. 세상 밖으로 나갔다가 기척도 없이 코앞에서 터지는 그 권풍을 대체 무슨 수로 막겠는가?

그런데도 방금 벽우가 떨친 주먹에 맥없이 튕겨져 버렸다.

'그럴 리가 없잖아!'

루하가 급히 신형을 바로잡았다.

그 순간에도 벽우가 그를 향해 덮쳐들고 있었다. 연화와 자성이 급히 벽우를 쫓지만, 그들에게도 벽우의 반격은 전혀 예상 못 했던 것이었는지 루하를 돕기엔 한발 늦은 상황이었다.

그리해 벽우와 단독으로 마주하게 된 루하다.

이 순간 루하는 전혀 두렵지 않았다. 두려움을 느낄 여유도 없었다.

파운삼십육권이 막혔다는 걸 도무지 인정할 수 없었다.

벽우에 대한 두려움보다 그걸 확인하고 싶은 마음이 더 컸다. 그리해 굳건히 버티고 선 그의 주먹에서 다시 파운삼십 육권이 시전되었다.

"천멸겁!"

일갈이 터지고,

콰르릉!

뇌성이 친다.

그리고 그의 주먹 끝에서 뻗어나간 권풍은 세상 밖으로 밀려나갔다가 더 큰 힘을 얻어 벽우의 얼굴을 강타했다.

콰아앙!

그러나, 이번에도 마찬가지였다.

"큭!"

신음을 토한 것은 루하였다.

더구나 이번에 거리마저 가까웠던 터라 그가 받은 충격도 처음의 것보다 더 컸다.

오장육부가 다 뒤틀리고 기혈이 진탕된다. 목구멍 가득 비릿한 피 맛마저 돈다. 하지만 육체의 고통은 지금 루하가 받은 정신적인 충격에 비하면 아무것도 아니었다.

충격은 불신이 되고 불신은 분노가 된다.

"그럴 리가 없는 거라고!"

뒤틀리는 오장육부고 진탕된 기혈이고 그런 건 아랑곳하

지 않고 몸을 바로 세웠다. 그리고 거의 발악하듯 신경질적
으로 주먹을 휘둘렀다.

"개산일단악!"

"멸천혈폭!"

"뇌성분참!"

"노도붕산!"

"단혼일뢰!"

"멸겁폭!"

가히 파천이요, 멸세의 힘이었다. 일거에 세상을 무(無)
로 돌릴 말한 초월적인 파괴력이 벽우에게 퍼부어졌다.

그러나 다 막혔다.

우연이 아니다. 지금 벽우는 정말이지 루하가 가진 가장
강력한 무기 하나를 너무도 간단히 부숴 버리고 있는 것이
다. 그러고는 거칠 것 없이 달려들어서는,

"죽……인……다!"

어눌하지만, 오히려 그래서 더 섬뜩한 일갈을 터트리며
루하의 가슴에 일권을 날렸다.

막을 수 없었다. 아니, 파운삼십육권이 막혔다는 충격으
로 인해 그 순간 루하는 벽우의 공격을 막아야 한다는 생각
조차 떠올리지 못했다.

이윽고, 그렇게 무방비 상태가 된 루하의 가슴에 벽우의

주먹이 무참히 틀어박혔다.

쾅!

"크헉!"

토해 내는 신음 밖으로 끝내 목구멍을 가득 채웠던 피가 분수처럼 터져 나오고, 정신이 아득해지는 충격과 고통에 루하의 몸은 실 끊어진 연처럼 맥없이 날아가 거대한 바위까지 부수며 처박혔다. 만일 그 순간 조화지기가 스스로 반응해서 금의 기운으로 가슴을 보호하지 않았더라면 루하의 심장은 이미 가루가 되었을 것이었다.

물론 그래 봤자 잠깐의 연명일 뿐이다.

벽우가 아예 그의 숨통을 끊어 놓을 작정으로 달려들고 있건만 루하는 벌러덩 드러누운 채 손가락 하나 까딱할 수 없는 몸 상태였다.

'이렇게…… 끝나는 건가?'

죽음이란 것이 이렇게도 가까이 느껴진 적은 처음인 것 같다.

그래서일까?

시야에 닿는 풍경들이 썩 나쁘지가 않다.

물론 풍경이라고 해 봤자 눈에 들어오는 것이라곤 하늘을 가득 메우고 있는 시커먼 먹구름뿐이지만.

바람은 차갑고 비는 따갑다.

으스스 떨리는 한기가 추위 때문인지 부상 때문인지도 모르겠다.

'거참 비 한번 우라지게도 쏟아지네, 진짜.'

그래도 당장 죽을 팔자는 아닌가 보다.

단숨에 루하와의 거리를 좁힌 벽우가 그의 숨통을 끊어 버리기 위해 살수를 날리려는 순간,

"만조성금(萬潮星擒)!"

연화의 소수가 돌연 공간을 격하며 벽우의 뒷덜미를 낚아챘다. 그러고는 그대로 벽우를 끌어당겨 땅에 처박아 버렸다.

콰앙!

비에 젖은 진흙이 덕지덕지 흩날리고 더 깊은 곳에서 일어나는 흙먼지가 다시금 시야를 흐린다. 그 뒤는 자성의 몫이었다.

"겁멸세(劫滅勢)!"

훌쩍 허공으로 뛰어오른 자성이 벽우가 파묻힌 곳을 향해 권풍을 난사한다.

콰콰콰콰콰콰쾅!

위기의 순간 루하를 도운 것은 비단 그들 남매만이 아니었다.

"막아! 국주님을 보호해!"

연화와 자성이 벽우를 막은 사이 쟁천표국 표사들이 루하의 앞을 막으며 각자의 무기로 방어진을 치고, 그 앞에 교극천을 비롯한 북해빙궁의 고수들이 이중벽을 만든다.

그때였다.

"끼아아아악!"

비명인지 울음인지 모를 날카로운 소리가 고막을 찢는다 싶은 순간, 수십 구의 혈강시들이 루하가 있는 곳으로 달려오기 시작했다. 혈강시만이 아니다.

"삼절표랑을 죽여라! 한 놈도 살려 보내지 마라!"

그동안 어디에 숨어 있었던 건지 수를 헤아릴 수도 없이 많은 혼천마교도들이 들불처럼 일어나 덮쳐들고 있었다.

삼절표랑을 제거할 수 있는 절호의 기회라 생각하고 이찬이 마지막 전력을 쏟아부은 것이었다.

그러자 이번엔 무림인들이 나섰다.

"삼절표랑을 지켜라! 무슨 일이 있어도 삼절표랑만은 지켜야 한다!"

그동안 괴물들 간의 싸움에 넋을 잃고 있던 그들도 돌아가는 전황 정도는 파악하고 있었다. 자성과 연화만으로는 벽우를 막을 수 없다. 삼절표랑이 힘을 보탠다고 크게 달라질 전세도 아니었지만, 그만큼 벽우는 압도적으로 강했지만, 그래도 믿을 건 삼절표랑뿐이었다.

그동안 수많은 기적을 만들어 온 삼절표랑이라면 뭔가 해법을 찾아줄 것이다.

그것은 믿음 이전에 희망이었고, 생에 대한 집착이었으며, 또한 발악이었다.

그렇게 무림인들은 혼천마교도들을 상대로 죽기로 맞섰다.

거기에 더해 그사이 자성의 그 무시무시한 공격에도 굳건히 몸을 일으킨 벽우가 다시금 두 최강 남매와 얽혀 드니 전장은 그야말로 삽시간에 아수라장으로 변했다.

그런 아수라장 속에서 홀로 평온한 루하다.

정말이지 이보다 더 편할 수가 없을 정도로 심신이 평안하다. 쏟아지는 빗줄기가 온몸을 감싸는 것도 같고, 몸과 영혼을 땅속 깊이 묻어 버리는 것도 같은 기분.

"괜찮나?"

총표두 장청이 걱정스럽게 묻는다.

그 물음에 루하 스스로 반문했다.

'괜찮은 건가?'

조금 전까지만 하더라도 손가락 하나 까딱할 수 없었다. 그런데 지금은 느낌이 조금 달랐다. 몸이 천근 바위에라도 짓눌린 듯이 무겁긴 한데 무기력한 느낌은 아니다. 그러고 보니 벽우의 일격에 심장이 갈기갈기 찢기는 듯했던 고통도 어느새 사라지고 없다. 고통은커녕 마치 어항에 물갈이를 하듯 다 쏟아부어 한 점의 기운도 남아 있지 않은 몸 안으로 새 기운이 스며들어 와 온몸 구석구석을 채워 가는데, 그 느낌이 한여름 무더위를 씻어 내리는 얼음물처럼 시원하기가 이루 말로 다 할 수가 없을 지경이었다.

'마르지 않는 샘물 같은 거라더니, 역시 공령지체란 게 좋긴 좋네.'

손가락을 까딱거려 보았다.

꼼지락꼼지락.

움직인다.

"스으읍!"

숨을 길게 들이켰다.

바람은 여전히 차다. 피부에 닿는 비도 여전히 따갑다. 하지만 아까처럼 오한이 느껴지지는 않는다. 오히려 그 역시도 어떤 쾌감으로 다가온다.

그제야 루하가 장청을 보고 대답했다.

"뭐, 염려해 주신 덕분에 괜찮은 것 같긴 하네요."

상체를 일으켰다. 그 상태로 주위를 둘러보았다.

표사들이 쳐 놓은 인해의 장벽 틈 사이로 처절하게 사투를 벌이고 있는 무림인들이 보였다.

그를 지키기 위해 싸우고 있다. 그와 그들 사이에는 어차

퍼 목숨을 내걸 만큼의 신의는 없다. 생존을 위한 어쩔 수 없는 발악이라는 것도 잘 안다.

그런데도 괜스레 마음이 울컥해 온다.

눈시울마저 뜨거워질세라 루하가 급히 시선을 그 너머로 던졌다.

연화와 자성이 벽우를 상대로 치열한 혈투를 벌이는 중이다.

벽우가 날뛰기 시작하자 금세 수세에 빠져 버리는 연화와 자성이지만, 그래도 얼마간은 버틸 수 있을 것 같았다.

역시 문제는 무림인들이었다.

루하에게 빌린 무기를 들고 있는 자들이 어떻게든 방어진을 쳐 보지만 혈강시를 막아 내기에는 역부족이었다. 교극천마저 떼거리로 달려드는 혈강시들에게 발이 묶여 있다.

그 와중에 급기야 청성파 쪽이 뚫렸다.

"아, 안 돼! 막아! 자리를 지켜!"

진을 지휘하고 있는 일곡이 다급히 외쳐 보지만 이미 늦었다. 혈강시 두 구가 진세 안으로 뛰어들자 겨우 유지하던 대열이 급격히 무너졌고, 그 틈에 혼천마교도까지 노도처럼 밀려드니 속수무책으로 나가떨어진다.

비명과 죽음이 난무한다.

그런 끔찍한 광경 속에서도 유독 루하의 시야에 들어오는 한 사내가 있다.

무진이다.

확실히 예전의 그 꼬마 쟁자수가 아니다. 적들의 공격에 이름깨나 날리는 고수들도 추풍낙엽처럼 날려 가는데, 위태롭긴 하지만 제법 잘 버티고 있다. 물론 그것도 다 루하가 준 검 덕분이지만.

무진을 보자니 새삼 '의지'라는 말이 떠오른다.

의지만 굳건하면 자연경도 가능할까 했던 그날의 질문도 다시 하게 된다.

하지만 이내 가소로움에 실소를 흘렸다.

의지라니? 유치하다. 너무 유치해서 손발이 다 오글거릴 지경이다.

'의지로 될 수 있는 일이라면 원래부터 가능한 일이었던 거겠지.'

생각을 먹고 마음을 담는다. 무슨 일이든 그렇지 않은 일이 있을까? 하고자 해서 되는 일이라면 원래부터 그럴 능력을 가지고 있었다는 것이 아니겠는가?

자연경도 그랬다.

의지와는 상관없이 그에게는 자연경을 구현할 능력이 있었다. 이미 한 번 해 본 적도 있다.

'그러니까 의지고 나발이고 간에 그냥 하면 되는 거지, 뭐.'

방법도 오의도 필요 없다.

그냥 하면 되는 거다. 그러고 보면 지금까지 늘 그랬다. 정식으로 배운 것은 삼재검밖에 없었다. 그 외에 지금까지 익혀 온 모든 무공은 그저 보고 흉내 내니 되었던 것뿐이다.

자연경이라고 뭐가 다를까?

전날 했던 대로 똑같이 흉내 내면 어떻게든 되지 않겠는가?

깊이 고민하는 건 성미에도 맞지 않다.

루하는 곧바로 몸을 일으켰다.

걸음을 옮겼다.

철벅철벅—

흙탕물이 축축하게 발을 적시고 머리 위로는 여전히 폭우가 저리도록 퍼붓는다. 그런데 이상하게도 이 순간만큼은 그 모든 질척임이 짜증스럽지가 않다. 오히려 세상 모든 것이 신비롭고 재미있기만 한 어린아이처럼 그 모든 질척임들이 즐겁고 친숙하다. 첨벙첨벙 뜀박질이라도 하고 싶을 정도다.

루하가 잠시 멈췄던 걸음을 다시 옮겼다.

그러자 그를 둘러싸고 있던 표사들이 일제히 길을 연다. 그 순간 루하를 향하는 그들의 눈에는 루하가 무사한 것에 대한 안도와 루하라면 반드시 활로를 열어 줄 것이라는 믿음이 깃든다.

그렇게 가려진 시야가 완전히 열리고 보다 뚜렷이 전장의 모습이 보였다.

가려진 틈 사이로 볼 때보다 확 트인 시야로 보는 지금이 더 아수라장이다. 그런데도 평온하다. 그리고 그 평온함조차 익숙하다.

'그래. 이 느낌이었어.'

시야에 닿는 모든 것들이 지금까지와는 다르게 와 닿는 이 느낌.

늘 보는 것들이, 늘 듣는 것들이, 늘 맡는 것들이 보다 더 진하고 강렬하게 느껴지는 이 감각. 살갗을 때리는 빗줄기마저 한 방울, 한 방울 살아 있는 듯 선명한 이 느낌. 그리고 그 모든 것들과 하나가 되는 일체감까지⋯⋯. 자연경을 처음으로 구현해 냈을 때와 조금도 다르지 않았다.

'그래. 그냥 하면 되는 거지.'

그리해 그때와 같이 루하는 자신의 몸속으로 무한히 흘러들어오는 기운을 고스란히 퍼붓는 빗줄기에 실었다.

콰콰콰콰콰콰콰콰!

"커억!"

"뭐, 뭐야…… 컥!"

"끼아아아악!"

죽음의 단말마가 터져 나온다. 그리고 그 죽음의 단말마는 모두 혈강시와 혼천마교도들의 것이었다.

너무도 갑작스럽고 의문스러우며 경악스러운 상황에 무림인이고 혼천마교고 할 것 없이, 심지어 이지가 상실된 혈강시들마저도 살수를 멈추고는 어떻게 된 일인지 영문을 몰라 어리둥절해한다. 그러나 유일하게 루하만큼은 살수를 멈추지 않았다.

콰콰콰콰콰콰콰콰!

"끄아악!"

"크흑!"

"컥!"

루하의 시선이 닿는 곳에선 어김없이 죽음의 단말마가 이어졌다.

단지 빗방울만이 아니었다. 때로는 형체 없는 바람이 검날이 되기도 하고 공기가, 땅이 독수가 되기도 한다.

그제야 전장의 모든 시선들이 일제히 루하를 향한다.

대체 뭘 어떻게 했는지는 그들로서는 알 수가 없다.

단 하나 그들이 알 수 있는 것은 지금 그들의 눈앞에서 벌어지고 있는 모든 살육을 루하가 행하고 있다는 것뿐이다. 그때 북해빙궁 무사들 속에서 불신 가득한 한 마디가 흘러나왔다.

"자…… 자연경……?"

마찬가지로 북해빙궁 무사들 중 하나가 곧이어 비명과도 같은 외마디 외침을 지른다.

"자, 자연경이다! 자연경이야!"

이어지는 소란.

"자연경이라니?"

"저게 정말 자연경이라고?"

"삼절표랑이 자연경을 터득했다고?"

심지어 열두 구의 혈강시들과 뒤엉켜 있던 교극천마저 싸움을 멈추고 멍하니 루하를 보고 있다.

북해빙궁의 그 같은 혼란이야 당연했다. 자연경이라 하면 북해빙궁 천 년의 염원이었으니까. 그것이 지금 그들의 눈앞에서 펼쳐지고 있는 것이다.

그들의 심경은 복잡했다.

천 년을 염원해 온 기적에 대한 경외와 감동, 그것이 북해빙궁이 아니라 다른 이의 것이라는 것에 대한 피가 거꾸로 솟는 아쉬움과 질투, 그리고 실체를 확인하고 나니 더욱더 간절해지는 갈망.

반대로 그 기적에 대한 무림인들의 마음은 단순했다.

"자연경이다! 삼절표랑이 자연경을 얻었다!"

"와아아아아아! 마교놈들을 섬멸하자!"

살기 위해 필사적으로 발악하던 그들에겐 그야말로 더할 수 없는 기쁨이고 천군만마의 지원군이다.

사기충천이다.

그렇게 재개된 전투는 이제 생존을 위한 어쩔 수 없는 발악이 아니라 처음 토벌대에 합류했을 때처럼 이기기 위한, 적을 섬멸하기 위한 전투로 바뀌었다. 전세 또한 확연하게 무림인들 쪽으로 기울어 가고 있었다.

그 순간에도 루하는 살수를 거두지 않았다.

아예 이참에 혼천마교의 씨를 말려 버릴 작정으로, 그리고 조금이라도 무림인들의 피해를 줄이기 위해서 더욱 독하게 살심을 품었다. 그런데 그때였다.

쿠오오오오—

마치 지진이라도 일어난듯 대기가 거칠게 진동하고,

파파파파파파팟!

강렬한 파공음이 들린다 싶은 순간,

"죽……인……다!"

벽우가 어느새 연화와 자성을 뿌리치고는 그에게로 덮쳐들고 있었다.

그걸 알아차렸을 때는 벽우가 이미 그의 코앞까지 이르러 있었다.

피하고 자시고 할 틈도 없었다.

콰앙!

그대로 충돌했다. 그런데,

"크헝!"

오히려 고통에 찬 신음을 토하며 튕겨 나간 것은 벽우였다.

튕겨 날아가다 겨우 신형을 바로 세운 벽우가 루하를 본다.

이성과 야성이 뒤엉켜 정신이 온전치 못한 중에도 그 눈에 가득한 의문만큼은 분명하다.

뭐가 어떻게 된 것일까?

분명 그와 루하 사이에는 아무것도 없었다.

그런데 막혔다.

뭔지 모를 벽에.

"크르르……."

하지만 이성이 만들어 낸 의문은 곧 성난 야성에 묻혔다.

"크아앙!"

짐승의 포효가 산중을 떨어 울리고 그보다 더 성난 기세로 벽우가 루하에게로 달려들었다. 그러나,

쾅!

또다시 어떤 벽에 막혀 주르륵 미끄러져 나가는 벽우다.

하지만 벽의 정체를 이번엔 확실히 보았다.

빗줄기였다.

퍼붓는 빗줄기들이 그와 루하 사이에 강기의 막을 만들어 그를 밀어낸 것이었다. 확실히 보긴 했지만 그렇다고 이해할 수는 없다.

땅으로 떨어져야 할 빗줄기들이 어째서 루하가 만들어낸 공간에서는 시간이 정지한 듯 멈춰 있을 수 있는지, 어떻게 그 한 방울 한 방울이 다 살아 있는 듯 강기를 머금고 있을 수 있는지, 그리고 어째서 그 안에서 터져 나오는 반탄강기가 이토록 강할 수 있는지…….

그 많은 의문들이 성난 야성마저 누르고 고개를 드는 그때였다. 루하의 눈이 그의 발을 향한다 싶은 순간, 마치 누군가 그의 발을 잡아채기라도 하듯 그의 발을 묶는다.

놀라서 황급히 발을 빼며 발아래를 보지만 거기엔 아무것도 없었다. 심지어 빼내려 한 발도 마치 강력한 자석에라도 달라붙은 것처럼 떨어지지 않았다.

벽우가 당황해하는 그때였다. 어떤 섬뜩한 기운이 전방에서 느껴진다 싶더니 거대한 칼이 폭우를 베어 내며 그를 향해 덮쳐든다.

슈아아아앙—

하지만 그것은 실체가 아니었다.

분명 시퍼런 살기를 이글거리고 있지만 바람을, 공기를
형체가 있다 말할 수는 없는 것 아닌가?

그랬다. 지금 그를 향해 덮쳐들고 있는 것은 바람이었고
공기였다. 그 형체 없는 것들이 더할 수 없는 살기를 머금
고 벽우를 향해 덮쳐들고 있었다.

발이 묶였다. 피할 수 없다.

벽우가 본능적으로 팔을 들어 올렸다.

카가가가가강!

형체도 없는 바람이, 공기가 어울리지 않는 시끄러운 쇳
소리를 내며 벽우의 금강석보다도 단단한 팔을 파고든다.

그 힘에 밀려 다시 주르륵 미끄러져 나가는 벽우다.

"크흐……."

간신히 막아 내며 신형을 바로잡는다.

다행히 팔이 잘려 나가진 않았다. 그러나 무사한 것도 아
니었다. 바람의 칼날과 부딪힌 팔꿈치 부근이 종잇장처럼
찢어져 아가리를 벌렸고, 그 사이로 뼈가 훤히 드러나 보였
다.

지금까지 연화와 자성의 합공에도 상처 하나 입지 않았
던 것과 비교하면 그 바람칼이 얼마나 날카롭고 강력했는

지 충분히 짐작할 만했다.

잠깐의 당혹감, 그리고 걷잡을 수 없는 분노가 이어진다.

"크아앙!"

분노에 찬 포효를 터트린 벽우가 그의 발을 묶고 있는 땅을 향해 신경질적으로 두 주먹을 내려찍었다.

쩌저저적—

땅이 거북이 등짝마냥 갈라지는가 싶더니,

콰콰콰쾅!

그것은 이내 대폭발을 일으킨다. 그와 동시에 묶여 있던 발이 해방되고 벽우는 그 즉시 모든 기력을 두 다리에 실었다.

파앙—

지금까지와는 비교도 안 될 만큼의 빠름이다. 연화와 자성조차 눈으로 쫓지 못할 만큼 빠른 속도로 루하에게로 짓쳐 들고 있었다. 하지만 지금 루하에겐 벽우의 움직임이 훤히 보였다.

손을 뻗었다.

그러자 이번엔 집채만큼이나 큰 거대한 강기 덩어리가 만들어졌다.

비인지 바람인지도 모르겠다.

물인지 공기인지도 모르겠다.

그저 용의 그것처럼 압도적이고 호랑이의 그것처럼 사납게 벽우를 집어삼킨다. 그리고 터지는 폭발.

콰앙!

"크헝!"

지금까지보다 훨씬 더 강한 반탄강기에 벽우가 죽은 듯이 사지를 늘어뜨리며 날아가 바닥에 처박힌다.

그야말로 초월적이다. 벽우를 마치 어린아이 다루듯 하는 그 개세적인 신위에 연화와 자성마저 감히 끼어들 생각도 못 한 채 멍하니 루하를 보고 있다. 그들만이 아니라 다시금 뜨겁게 전장을 데우고 있던 무림인들조차 넋을 놓고 루하를 본다.

놀랍기는 사실 루하도 마찬가지였다.

자신이 펼치는 신위에 스스로가 경악하고 있었다.

더 놀라운 것은 이것이 끝이 아니라는 것이다.

아직도 진화하고 있다.

지금 느끼는 감각은 아까와는 또 다르다.

아까는 세상 모든 것이 선명했다면 지금은 선명한 정도를 넘어 세세하게 보였다.

형체 없는 바람도, 공기도, 땅속의 화기도, 나무의 생기도……. 그러자 조화지기와의 어우러짐이 훨씬 더 자연스러워졌다. 그리고 어느 순간부터는 그의 몸속을 들락날락

하는 것이 자연의 기인지 조화지기인지 그조차 구분 지을 수가 없는 상태가 되어 버렸다.

존재마저도 사라져 버리는 느낌이었다.

내가 세상인지 세상이 나인지, 그조차도 나눌 수 없었다.

그런데도 무한히 자유롭고 무한히 힘이 넘친다.

뜻이 이르면 실체가 된다.

마치 신이라도 된 것 같은 기분이었다.

그 무소불위의 권능에 루하 스스로도 무서울 지경이었다.

"끄으으으……."

그때 죽은 듯 쓰러져 있던 벽우가 꿈틀꿈틀 몸을 일으킨다.

한데, 그 눈빛이 지금까지와는 사뭇 달랐다.

붉다.

조금 전까지만 해도 멀쩡하던 그 눈이 시뻘건 혈광을 줄기줄기 뿌려 댄다.

뿜어나는 기운도 지금까지와는 다르다. 훨씬 더 뜨겁고 폭력적이다. 지금 벽우에게선 한 점의 이성도 느껴지지 않았다.

이 느낌, 익숙하다.

폭주.

분명 폭주의 전조였다.

'이런!'

아무리 자연경으로 인해 무소불위의 권능을 갖게 된 루하라지만 폭주를 떠올리는 순간 가슴이 서늘해 오는 것은 어쩔 수 없었다.

저 벽우가, 저 무지막지한 괴물이 폭주까지 한다면 어떤 사태가 벌어질지 그로서도 짐작이 되지 않았다. 그리해 다급히 벽우를 향해 신형을 날렸다. 그보다 먼저 비의 화살이 벽우를 난사하고, 바람의 칼날이 벽우를 난자했다. 그리고 그 위에 파운삼십육권이 퍼부어졌다.

콰콰콰콰콰콰콰콰콰콰콰쾅!

존재하는 모든 것들을 지워 버릴, 그야말로 소멸의 힘이었다.

제아무리 단단한 몸이라 해도 뼛조각 하나, 살점 한 점 남기지 않을 것 같은 파괴력이었다.

그런데,

"크앙!"

벽우는 살아 있었다.

온몸이 만신창이였지만 핏빛 형형한 안광도 폭력적인 기운도 그대로였다. 아니, 더한층 강하게 뿜어내며 루하를 향해 달려들고 있었다.

'젠장! 한발 늦었나?'

폭주였다.

지금 자신을 향해 달려드는 저 모습은 지난날 감숙에서 상대했던 폭주 강시와 조금도 다르지 않았다.

"결국 저렇게 되어 버린 것인가……."

이찬이 루하를 향해 달려드는 벽우를 보며 절망과도 같이 중얼거렸다.

벽우의 폭주가 어떠할지 누구보다 잘 아는 그다.

자연경이라는, 루하가 펼쳐 내는 신의 권능을 직접 목격도 했지만 폭주를 시작한 벽우의 힘은, 그 파괴와 파멸만을 위한 힘은 신의 권능마저도 초월할 것이다.

막을 수 없다.

파국이다.

세상의 파멸이다.

하긴, 그것도 썩 나쁘지 않다.

어차피 내 것일 수 없다면 누구의 것도 되지 못하게 모조리 다 부서져 버리는 편이 낫지 않을까?

한데,

쾅!

"크헝!"

루하를 향해 달려들던 벽우가 그 순간 루하가 날린 주먹에 맞아 비명을 지르며 곤두박질치는 것이 아닌가?

이어서 터져 나오는 루하의 말.

"아, 쌍! 깜짝 놀랐네! 별것도 아닌데 괜히 쫄았잖아?"

그러고는 바닥에 처박힌 벽우를 발로, 주먹으로, 또한 신의 권능으로 짓이겨 대기 시작한다.

"……."

처참했다.

루하의 폭력 앞에 폭주까지 한 벽우가 저항 한 번 하지 못한 채 처참히 부서지고 있었다.

도무지 믿기지 않는 광경에 꿈을 꾸는 것만 같았다.

대체 지금 자신의 눈앞에서 벌어지는 저 상황을 어떻게 받아들여야 한단 말인가?

폭주가 잘못된 것일까? 아니면 벽우의 폭주마저도 별것 아닌 것으로 만들어 버릴 만큼 저 사내가 강한 것일까?

물론 답은 후자였다.

사실 루하도 이제 막 자연경을 깨달은 상태다 보니 자신의 힘이 어느 정도인지 정확히는 알지 못하는 상태였다. 거기다 폭주 강시와 싸운 경험이야 있다지만 애초에 무력 자체가 벽우와는 비교가 불가하다 보니 폭주한 벽우의 강함도 가늠이 불가능했다. 그래서 폭주의 전조가 보였을 때 그토록 당황했던 것인데, 그렇게 폭주한 벽우가 자신에게 달려들고 반사적으로 내지른 주먹이 벽우의 얼굴을 강타한 순간 확실히 알았다.

자신의 실력이, 자연경을 얻은 그 힘이 폭주한 벽우보다 훨씬 더 강하고 무섭다는 것을.

그때부터는 거칠 것이 없었다.

짓밟았다.

제아무리 단단한 몸이라 해도 부서질 수밖에 없을 만큼 철저히 짓이겼다.

그리해 그 무참한 폭력이 끝났을 때 벽우는 형체조차 남아 있지 않았다. 그리고 루하의 손에는 그 와중에도 벽우의 심장에서 꺼낸 두 개의 내단이 들려 있었다.

루하가 고개를 돌려 사위를 훑었다.

작은 숨소리조차 들리지 않는 정적 속에서 연화도 자성도, 그리고 무림인들도 하나같이 망연한 눈으로 그를 보고 있다. 하지만 그 눈빛들은 점점 뜨거워지고 있었다. 그리해 루하가 손에 든 내단을 머리 위로 번쩍 치켜들었을 때,

"와아아아아! 삼절표랑이 이겼다!"

"삼절표랑이 괴물 강시를 죽였다! 와아아아아!"

천하가 떠나갈 듯한 함성이 천각산에 울려 퍼졌다.

그 뜨거운 환호가 하늘에 닿기라도 한 것일까?

하늘에 구멍이라도 뚫린 듯이 퍼부어 대던 비가 그치고 먹구름이 걷혀 간다. 어느새 날이 밝았는지 걷혀 가는 먹구름 사이로 눈부신 햇살이 떨어져 내린다.

하지만 무림인들은 오늘의 승리에 대한 하늘의 축복인 양 떨어져 내리는 그 햇살을 마음껏 즐길 수가 없었다.

"끄악!"

"으아아아아악!"

햇살에 몸이 닿자 혈강시와 혼천마교도들이 비명을 질러 댔기 때문이다.

살이 타들어 가고 있었다.

뼈가 녹아내리고 있었다.

뭐가 어떻게 된 영문인지도 모른 채 무작정 도망쳐 보려 하지만 만천하를 비추는 햇빛을 무슨 수로 피할 수 있겠는 가.

몇 걸음 내딛기도 전에 하나둘 잿더미가 된다.

지옥인들 이보다 잔혹할까.

신의 징벌인들 이보다 무서울까.

눈앞에서 펼쳐지는 그 참혹한 광경에 한참이나 넋을 잃고 있던 무림인들이 급히 루하를 본다.

경악과 두려움으로 그 참혹한 광경을 보고 있는 그들과는 달리 그곳으로 시선을 던지는 루하의 눈은 소름 끼치도록 냉정하고 차가웠다.

순간 무림인들의 뇌리를 스쳐 가는 것이 있다.

어쩌면…… 어쩌면 구름이 걷히고 비가 그친 것은 그들의 기쁨이, 환호가 하늘에 닿은 때문이 아닐지도 모른다.

구름이 걷힌 것도, 비가 그친 것도, 햇살이 떨어져 내린 것도, 그리해 혼천마교도들을 지옥염화의 불길로 태워 버린 것도 모두 삼절표랑이 한 일일지도 모른다.

자연경이라면, 그 신의 권능이라면 그 모든 것들이 가능할 수도 있지 않을까?

그때였다. 마치 그러한 의문들에 답을 해 주듯 루하가 입을 열었다.

"어차피 공생할 수 없는 적인데 무얼 주저할까."

루하의 목소리는 지금껏 무림인들이 보았던 삼절표랑과는 전혀 다른 사람처럼 냉막했다. 그 순간에도 살이 타고 뼈가 녹고 있는 혼천마교도들이 비명을 질러 대며 지옥도를 만들고 있었지만, 그 눈은 여전히 차갑고 냉정하기만 했다.

그가 말한 대로 어차피 공생할 수 없는 적이다.

그들의 맹신과 광기가 어떠한지는 북해빙궁에서 이미 충분히 보았다. 갱생이나 회유가 불가능한 자들이기에 여기서 작은 불씨 하나를 남기면 언젠가는 큰 화를 불러올 것이 분명했다.

그리해 마음을 독하게 먹은 것이다.

그러한 루하의 살심은 혼천마교도뿐만 아니라 무림인들의 뇌리에도 깊은 공포로 박혀 들고 있었다. 승리에 대한 환호도, 영웅에 대한 경외도, 두 눈으로 직접 목격한 신의 권능에 대한 경의도 그 순간 들어차는 공포에 다 지워진다.

루하가 걸음을 내디뎠다.

주위로 몰려든 무림인들이 일제히 길을 열고, 그 열린 길을 터벅터벅 발길을 옮겨 루하가 이른 곳은 태사로 이찬이 있는 곳이었다.

핏기 한 점 없는 얼굴이다.

입가에서 턱으로 흘러내린 꽤 많은 핏물 자국도 보인다.

그것이 벽우에게 환혼단을 빼앗기며 당한 부상이란 것까진 알지 못했지만, 내상이 치명적일 만큼 심각하다는 것은 한눈에도 알 수 있었다.

물론 그래 봤자 이제 한 줌 혈수로 변한 혼천마교도들에 비할 바는 아니다.

아예 씨를 말려 버릴 작정으로 광역으로 살수를 펼치는 중에도 이찬만은 남겨 둔 것은, 그가 혼천마교의 실질적인 수장이기 때문이었다.

"이자를 어찌할 생각인가?"

자성이 다가오며 물었다.

"죽여야죠. 하지만 지금은 아닙니다."

"지금은 아니라니?"

"얻어내야 할 게 있거든요."

그 순간 루하의 눈이 향한 곳에는 연화가 서 있었다.

백옥처럼 하얀 얼굴에 난 붉은 실금들이 벽우와 싸우느라 더욱 많아지고 진해졌다. 당장이라도 그 실금들에서 피가 뿜어져 나올 것처럼 위태롭다.

결국 한계점을 넘어 버렸다.

시간이 얼마나 남았을지 알 수 없다.

삶과 죽음의 경계, 그 살얼음판 위에 선 그녀를 구하기 위해서는 이찬이 가진 지식이 절실했다. 그러니 지금은 그를 죽일 수 없다. 이 모든 혈겁의 원흉인 만큼 가장 중한 벌로 가장 잔인한 죽음을 내려야 하지만 지금은 연화를 구하는 것이 우선이었다. 오히려 그것이 이찬에겐 죽음보다 더한 굴욕이 될지도 모르지만, 또한 어쩌면 인간으로서 해서는 안 될 짓을 하게 될지도 모르지만 지금은 수단 방법을 가릴 때가 아니었다.

'반드시 그녀를 살려주겠다고 약속했으니까.'

그리해 루하는 이찬이 자살조차 하지 못하도록 마혈은 물론이고 아혈과 혼혈마저 짚어 버렸다.

그것으로 끝이었다.

무림을 공포에 젖게 했던 강시도, 무림을 혼란에 빠뜨렸던 혼천마교도, 그 길고 길었던 전쟁도 그것으로 모두 마무리가 된 것이다.

第七章

마땅히 해야 할 일

시간은 빠르게 흘렀다.

천각산에서 혼천마교와 마지막 혈전을 치른 후 어느덧 여섯 달이 훌쩍 지나 버렸다.

그 사이 무림은 많은 것이 변했다. 아니, 원래의 모습을 찾았다고 하는 것이 맞다. 강시가 사라지고 한껏 웅크렸던 무림 문파들이 하나둘 기지개를 켜기 시작한 것이다.

물론 그중에서도 가장 활발히 활동을 시작한 것은 표국이었다.

표국이 사양길로 접어든 것이 강시의 등장 때문이었던 만큼, 강시가 사라지고 표국들이 다시 명패를 걸자 일류고 삼류고 할 것 없이 밀려드는 의뢰에 표국들은 즐거운 비명을 질러 댔다. 그건 녹림도도 마찬가지였다.

그들의 산채에 강시가 떡하니 똬리를 틀고 앉은 덕분에 산을 버리고 정처 없이 떠돌며 좀도둑질이나 해야 했던 그들은 강시가 사라지자 가장 먼저 산으로 돌아왔다.

녹림의 거두들이 혼천마교가 일으킨 혈풍으로 목숨을 잃은 탓에 비록 대녹림시대라고까지 불렸던 지난날에 비하면 그 세가 확연히 줄어들긴 했지만, 적어도 산중호걸로서 그 위용을 뽐낼 정도는 충분히 되었다. 거기다 표행이 늘어난 덕분에 먹고사는 데도 전혀 지장이 없었다.

그렇게 세상은 활기차게 제자리를 찾아가고 있었지만, 정작 명실공히 천하제일이라 불리는 쟁천표국에는 찾는 객들의 발길이 뚝 끊겼다.

그도 그럴 것이, 표국이라고 하기엔 그 위상이 너무 높아져 버렸다.

의뢰라는 것이 결국은 그 표국을 돈으로 부리는 것인데, 어느 간 큰 위인이 천하제일이요, 무림황제이며, 천각산에서 자연경을 선보인 후 이젠 삼절표랑이라는 별호보다 무신(武神)이라는 칭호가 더 잘 어울리게 된 루하를 부릴 수 있겠는가.

"아…… 심심해."

루하가 방바닥을 뒹굴며 한숨을 푹푹 내쉰다.

심심해서 돌아가시겠다.

"일이 없어도 이렇게나 일이 없을 수가 있는 거야? 이러다 표국 문 닫겠네, 닫겠어."

물론 그 정도로 궁핍하진 않다.

아니, 돈이야 주체할 수 없을 만큼 넘쳐난다.

이제 강시 사냥으로 올리는 짭짤한 부수입은 사라졌지만 그 전에 원체 많은 부를 축적해 놓은 데다가, 강시가 사라지고 한층 더 대륙의 교통이 활발해지면서 현천상단으로부터 들어오는 중경의 지분 배당금도 기하급수적으로 늘어나고 있었다. 거기다 쟁천표국의 주변으로 자연스럽게 형성된 상권까지……. 자신의 자산이 어느 정도나 되는지 이젠 그조차 가늠할 수가 없을 정도였다. 그런데도 루하가 앓는 소리를 하는 것은 역시 심심해서다.

의뢰가 끊긴 것도 끊긴 거지만, 지난 반 년 동안 무심한 설란이 지아비를 아예 방치하고 있다. 연화를 치료하기 위해 하루 중 열 시진을 제약실에 틀어박혀 있다.

물론 그가 부탁한 일이다.

착착 진행되어 나름의 성과도 올리고 있었다. 거기에는 이찬의 협조가 컸다.

야심을 꺾인 후의 체념인 것도 같고 한 줌 남은 그들 일족에 대한 충심인 것도 같았지만, 무엇보다 그의 마음을 돌리게 한 것은 상아였다.

루하는 그에게 단 한 점의 인정도 베풀지 않았다. 필요한 것은 그의 지식일 뿐이기에 단전을 부수고 사지 근맥도 잘랐다. 어떠한 사술도 부릴 수 없도록 모든 변수를 그렇게 차단했다. 그리해 혼자서는 숨을 쉬는 것 말고는 아무것도 할 수 없게 된 이찬에게 밥을 먹이고 물을 떠먹인 것이 바로 상아였다.

그녀에게 있어 이찬은 조부를 죽인 불구대천의 원수였다. 그런데도 무슨 생각인지 틈나는 대로 이찬에게 가서 그의 수발을 들었다.

한번은 혹시 괴롭히는 거나 아닌지, 복수라도 하려는 것은 아닌지 의심이 되어 수발을 드는 모습을 몰래 지켜보았다. 한데, 복수는커녕 마치 병든 애완동물 돌보듯 살뜰히 살피며 그날 있었던 일을 조잘조잘 대는 것이었다.

확실히 이상한 아이였다.

사람이 아니었던 자성에게 사람의 마음을 심은 것이 그저 우연이 아니었다. 상아의 조잘거림을 듣고 있노라면, 간간히 떠올리는 맑은 웃음을 보고 있노라면, 그 눈에 깃든 티끌 한 점 묻지 않은 순수한 눈망울을 보고 있노라면 저도 모르게 아빠 미소를 떠올리게 된다.

그렇게 이찬의 마음도 열렸다.

그때부터 본격적인 연구에 들어간 설란이다.

그리고 그때부터 한층 더 심심해진 루하다.

그렇게 방 안을 빈둥거리다 결국 그마저도 질려서 몸을 일으켰다.

밖에라도 나가 보면 뭔가 이 심심함을 달랠 거리가 있지 않을까 해서 문을 나서는데, 가장 먼저 그를 반긴 것은 담장을 넘어오는 표사들의 기합성이었다.

"철쇄봉혼진(鐵鎖封魂陳)! 제일 진 동미동! 제이 진 북북서! 제삼 진 천(天)!"

"십방무영진(十方無影陣)! 제일 진은 바람처럼 신속하게! 제이 진은 태산처럼 무겁게! 제삼 진은 파도처럼 거침없이 부순다!"

이젠 표행 나갈 일도 거의 없건만 매일같이 참 열심이다. 천각산에서 보여 준 루하의 신위가 표사들에게도 자극이 되었던 건지, 새삼 루하의 이름에 누가 되지 않겠단다.

그런 표사들의 마음이 기특하기는 하지만 그들이 아무리 실력을 갈고 닦아 봤자 누가 되었던 게 누가 되지 않을 만큼 달라지는 게 있을까, 싶은 게 루하의 솔직한 심정이다. 그렇다고 한껏 오른 사기를 꺾어 버리는 것도 주군으로서

할 도리는 아니다.

'이참에 한 수 제대로 가르쳐줘 봐?'

루하가 연무장으로 향했다. 연무장 문을 열자마자 후끈한 열기가 확 밀려든다. 그래서 바로 닫았다. 환골탈태 후에 추위와 더위가 더 강하게 느껴진 것처럼 자연경을 얻은 후, 세상 모든 것들이 선명하고 세세하게 구분되기 시작하고부터 뿜어내는 열기는 더 더워지고 그 속에서 나는 사내들의 땀 냄새는 더 역하게 느껴졌다.

흘러내리는 땀 한 방울, 한 방울까지 선명하고, 토해 내는 숨결은 또 어찌나 적나라한지 도저히 보고 있을 수가 없는 것이다.

'진짜 이러다 결벽증이라도 걸리는 거 아닌지 모르겠네.'

역시 세상만사 얻는 것이 있으면 잃는 것도 있기 마련인 건지, 자연경이라는 게 마냥 좋은 것만은 아님을 요즘 참 절절히 느끼게 된다.

발길을 돌렸다.

"금쇄비사진(禁碎飛蛇陣)! 제일 진은 북북동! 제이 진은 동미남! 진은 바람처럼 빠르게, 퇴는 태산처럼 무겁게!"

그런 루하의 뒤에선 흘러내리는 땀과 뿜어 나오는 입 냄새로 인해 첫 입맞춤의 순간을 놓쳐 버린 어느 사랑에 빠진

소년처럼, 마찬가지의 이유로 평생 다시없을 기연을 놓쳐 버린 표사들이 여전히 쩌렁쩌렁 기합성을 울린다.

그런 표사들의 열정을 매몰차게 뿌리치고 루하가 향하는 곳은 자성의 처소였다.

그나마 요즘 그의 무료함을 달래주는 단 하나의 존재라 해도 과언이 아니다. 무엇보다 대화가 통한다. 아니, 그와 이런저런 무공에 대한 이야기를 하다 보면 얻는 것이 상당하다. 그와의 대화를 통해 자연경이 보다 체계화되어 가는 것은 물론이고 자연경 그 너머의 세계도 엿보게 되었다. 그래서 이렇게 자성을 찾아가는 걸음은 항상 흥분되고 기대된다.

그런데, 그렇게 찾아간 자성의 처소에는 주인이 없었다.

어디에 있을지는 능히 짐작하고도 남음이 있다.

루하는 그 즉시 이찬을 유폐해 둔 곳으로 향했다.

사방이 금강한철로 만들어진 밀실이었다. 아니나 다를까, 거기에 자성이 있었다. 밀실 밖에서 창문 틈을 통해 하염없이 안을 보고 있다. 더할 수 없이 인자한 얼굴을 하고는.

물론 그가 보고 있는 것은 이찬의 수발을 들고 있는 상아다.

하루 이틀 일이 아니다. 상아가 이찬의 수발을 들고부터

질리지도 않는지 늘 저 모양이다.

익숙한 광경에 절로 한숨이 푹 나온다.

'저 딸 바보 같으니라고……'

오늘은 무공에 대해 보다 심도 깊은 대화를 하려고 작정
했던 루하는 상아의 조잘거림에 바보처럼 웃고 있는 이찬
의 모습을 보니 기운이 빠지는 정도가 아니라 아예 기분이
잡쳐지는 느낌이었다.

'젠장! 나만 심심한 거네, 나만 심심한 거야. 확 삐뚤어
져 버릴까 보다.'

괜히 기분이 꿀꿀해져 쟁천표국을 나왔다. 그렇게 나와
서 이것저것 심심풀이를 찾으며 무작정 걸음을 내딛던 중
이었다.

문득 그의 눈에 벽보 하나가 보였다.

　[표사 모집]

　창천표국에서 표사를 모집합니다.

　실력 있고 패기 넘치는 분들의 많은 지원 바랍니
　다.

　　　　　　　　　—창천표국 국주 홍우겸 배상(拜上)

표국이 표사들을 모집하는 건 대수로울 것도 없는 일이다. 더구나 강시가 소탕되며 그동안 밀렸던 표물 의뢰가 밀려들면서 어느 표국이든 일손 부족으로 행복한 비명을 질러 대지 않는 곳이 없었다. 조금 과장을 보태자면 표사다 쟁자수다 모집 공고가 한 걸음마다 붙어 있는 상황에서 유독 그 벽보에 눈이 간 것은, 창천표국과 홍우겸이란 이름이 낯이 익었기 때문이었다.

지난날 사천으로 가던 길에 비를 피하고자 들었던 어느 폐가에서 짧은 인연을 가졌던 표국이었다. 특히 소국주였던 홍연에겐 사흘 동안 삼재검을 직접 가르쳐 주기까지 했었다.

'그 녀석도 이젠 제법 사내 태가 나겠네?'

조금은 싸가지 없고 약았던 녀석이지만 그래도 루하에 대한, 삼절표랑에 대한 동경과 흠모는 대단했던 녀석이다 보니 그간 어떻게 컸을지 마음이 가고 궁금했다.

마침 표사 시험이 오늘이다. 거기다 중양이면 거리도 멀지 않다.

'구경이나 가 볼까?'

홍연도 볼 겸, 심심하던 차에 오랜만에 표사 시험도 구경할 겸, 겸사겸사 루하는 중양으로 방향을 잡았다.

그렇게 찾아간 창천표국 앞은 생각보다 한산했다.

원래 표국의 표사 시험은 어느 표국이든 상당히 성대하게 치러진다. 표사만 되면 성공이 보장되기에 그 지역 일대 수천 명에 이르는 수련생들이 시험에 응시하기 때문이다. 거기다 그 부모형제들까지 합격을 기원하며 몰려드니 지역 상권부터 활발해지는 것이다.

'근데…… 뭐가 이렇게 썰렁해?'

시험을 보러온 젊은 사내들이 아예 없는 건 아니었다. 그래도 표사 시험인 만큼 명단에 이름을 적기 위해 삼사십 명 정도 되어 보이는 자들이 줄을 지어 서 있었다. 하지만 그런 자들마저도 제대로 된 무도관의 수련생이라고 하기에는 자세나 눈빛들이 하나같이 너무 불량했다. 한눈에 보기에도 무도관에서 말썽이나 피우고 제대로 수련을 받지 않는 그렇고 그런 종자들이 분명했다.

자신이 상상했던 것과는 너무 다른 광경에 그 사이 시대가 변했나 생각도 해 보지만, 그럴 리 없다. 오히려 시대가 변해서 더 각광을 받는 것이 표국이라는 직종이었고 표사라는 직책이었다.

그렇게 의아해하고 있을 때였다.

"그쪽도 여기 표사 시험에 응시하려고 온 거요?"

등 뒤에서 들려온 목소리에 고개를 돌려보니 사십은 되어 보이는 사내가 루하의 위아래를 훑고 있었다.

"행색을 보면 이런 데나 기웃거릴 분은 아니신 것 같은
데……?"

자신을 보는 그 눈빛은 경쟁자에 대한 노골적인 경계다.

루하가 피식 웃었다.

"말씀하신 대로 이런 데나 기웃거릴 행색이 아니죠, 제
가."

이런 시골 표국의 표사 시험에나 응시하기에는 입고 있
는 비단 옷이 너무 고급이다.

"거기다 드러내지 않으려고 해도 어쩔 수 없이 드러나는
이 기품하며, 천하 여인들의 방심을 흔들어 놓기에 부족함
이 없는 이 잘생긴 얼굴까지, 딱 보기에도 표국을 운영하면
운영했지 표사나 하고 있을 팔자는 아니지 않습니까?"

루하가 엄지와 검지를 벌려 척하니 턱까지 받치자 이젠
'미친놈인가?' 하는 눈빛을 띠는 사내다. 물론 그러면서도
딱히 반박할 말을 찾기가 어려울 만큼 루하의 자화자찬은
상당히 사실에 근거한 것이기는 했다.

어쨌거나 마침 궁금했던 것이 있던 차에 잘되었다 싶어
사내에게 물었다.

"근데 여기 왜 이럽니까?"

"왜 이러냐니?"

"썰렁해도 너무 썰렁하잖습니까? 모름지기 표사 공개 채

용이라고 하면 한 자루 칼에 인생을 건 무림의 젊은 동량들이 청운의 품을 안고 서로의 기예를 겨루는 뜨거운 열정의 장이어야 하는데, 이건 뭐 초상집도 아니고 뭐가 이리 우중충한지…….”

“그야 다 망해 가는 표국이니까. 곧 망할 표국에 젊은 동량이 웬 말이고 청운의 꿈이 웬 말이겠소?”

“망해 가는 표국이라뇨?”

“사정을 전혀 모르시오? 음, 여기 중양분이 아니신가 보네?”

“하곡에서 왔습니다만…… 한데 사정이란 게 뭡니까?”

“혹시 철륜표국(鐵輪鏢局)이라고 아시오? 중양 최고의 표국인데…… 무려 삼성표국이기도 하고.”

“철륜표국?”

루하가 눈살을 찌푸렸다.

못 들어봤다. 중양이 아니라 아예 산서성 전체의 표국은 신생을 제외하고는 다 안다 자부하는데, 그 이름은 들어보지 못했다. 하물며 삼성표국이라니?

“산서에 삼성표국이 있다는 말은 처음 듣습니다만?”

삼성표국은커녕 이성표국도 삼원표국 하나뿐이지 않았던가.

“원래는 산서성에 있던 표국이 아니었거든. 호북에서 활동하던 표국이었는데 지난번 토벌전이 끝나자마자 이리로 옮겨 온 거지."

그리 특이할 만한 일은 아니었다.

지금 이쪽 바닥은 급변하고 있었다. 특히 쟁천표국이 있다는 이유만으로 산서성 자체가 업계를 대표하는 지역처럼 인식되면서 가장 활발히 거래가 이루어지고 있는 상황이었다. 그러다 보니 이주해 오는 표국들이 많았다.

"그런데요?"

"아는지 모르겠소만 호북은 최고의 표국들이 즐비한 곳이거든. 몇 안 되는 칠성표국이 대부분 거기를 거점으로 하고 있을 정도니까. 그러니 삼성표국이라 해도 호북에선 별로 취급을 못 받는 거야, 당연. 아마 그래서 옮겨온 게 아닌가 싶은데……. 새로운 땅에서 큰 포부를 펼치기에 지금 산서성만 한 곳이 없으니까. 그런데 그게 생각처럼 잘되지가 않았던 거지. 창천표국이라는 의외의 복병이 있었으니까."

"……."

비록 세워진 지는 얼마 안 됐지만 짧은 시간 창천표국은 상당히 건실한 표국으로 성장했다. 루하도 느꼈던 거지만 표사들 간의 끈끈한 유대와 국주 홍우겸에 대한 강한 의리와 충성심이 창천표국을 단번에 중앙 최고의 표국으로 성장시킨 것이다.

"특히 소국주 검신룡(劍新龍) 홍연은 녹림의 거두들을 잇달아 격파하면서 젊은 영웅으로 떠올랐고."

순간, 루하는 저도 모르게 '풋!' 실소를 흘렸다.

검신룡이라니?

'그 건방진 꼬맹이가?'

이름 한번 거창하기도 하지 않은가. 물론 그 거창한 이름을 얻게 된 데는 그가 가르쳐준 보다 완벽해진 삼재검이 지대한 영향을 미쳤을 테지만.

그걸 생각하니 홍연이 어떻게 자랐을지 한층 더 궁금해진다.

그러거나 말거나 사내의 말은 계속 이어졌다.

"아무튼 창천표국이 아직 이성표국도 되지 못했지만 중양에서의 명성이나 위상만큼은 철륜표국이 감히 따르지 못할 정도였소. 실제로 철륜표국이 이주를 해 온 이후에도 중양으로 오는 굵직굵직한 표물은 다 창천표국의 것이었으니까. 철륜표국 입장에선 굴욕적인 일이었지. 그래서 충돌도 잦았소. 중양 안에 있다 해도 창천표국과 철륜표국 간의 거리는 칠십 리가 넘게 떨어져 있는데도 철륜표국의 표사들이 굳이 여기까지 와서 창천표국의 표사들에게 시비를 걸어 댄 거지. 유혈 사태까지 가는 경우도 빈번했고."

결국 어느 한날 양쪽 사상자가 오십이 넘는 큰 싸움이 벌어졌는데, 문제는 그게 하필이면 창천표국이 중요한 표행을 앞둔 날이었다는 거였다.

"표사들 중 절반이 표행이 불가할 정도의 부상을 입었는데 그 표행이 제대로 될 리가 있겠소? 거기다 엎친 데 덮친 격으로 난데없이 구왕채(九王寨)의 도적들까지 나타났으니……."

"그래서 어찌 되었습니까?"

"그야 뻔한 거 아니겠소? 표물은 탈탈 털리고 목숨만 겨우 부지해서 돌아왔다 하더만…… 한데 좀 공교롭지 않소?"

"공교롭다뇨?"

"하필이면 표행 전날에 그런 큰 싸움이 벌어진 것도 그렇고, 그런 안 좋은 상황에 난데없이 구왕채 도적들이 나타난 것도 그렇고……. 아실는지 모르겠소만 구왕채는 바로 호북 형문산의 도적패란 말이지. 바로 철륜표국이 주 무대로 활동하던 그곳의 도적이 왜 하필이면 그날 그 장소에 나타났을까?"

"당신 말은 그럼 그 모든 게 철륜표국이 농간을 부린 거다, 그 말씀입니까?"

"뭐, 어디까지나 심증이지만…… 그렇다고 나만 그렇게 생각하는 건 아니오. 다들 쉬쉬하며 말을 안 할 뿐이지 모두 그렇게들 의심은 하고 있지. 그러니까 오늘 여기가 이렇게 썰렁한 것 아니겠소?"

표국에 있어 한 번의 표행 실패는 치명적일 수밖에 없었다. 그건 창천표국이라고 해서 크게 다르지 않았지만, 홍우겸의 사람됨이 가볍지 않아서 들어온 의뢰들이 줄줄이 취소가 되는 와중에도 몇몇 의뢰인들은 여전히 그를 믿고 지지했다.

그래서 이번 표행이 중요했다.

지난번의 실패를 만회하기 위해서라도 이번 표행만큼은 반드시 성공시켜야 했다. 하지만 철륜표국과의 싸움과 구왕채에 당한 상처의 후유증이 아직 많이 남아 있었다.

최상의 전력으로 임해도 모자랄 판국에 전력이 약해질 대로 약해진 상태. 어쩔 수 없이 이렇게 표사 모집까지 한 것인데, 결과는 이 모양이다.

"철륜표국이 이걸로 끝내지 않을 거라는 걸 다들 아는 거지. 아예 기지도 못하게 밟을 작정을 했으니 같은 날에 표사를 모집한 거 아니겠소?"

"그럼 지금 철륜표국도 표사를 모집하고 있단 말입니까?"

"그래서 다 거기로 갔지. 표사에 뜻이 있는 사람들이 뭣하러 미래도 없고 당장 다음 표행이 제삿날이 될 수도 있는 곳에 오겠소? 뭐, 나처럼 이걸 기회라고 생각한다면 모를까……. 나나 저치들처럼 다른 곳에선 받아주지 않는 떨거지라도 일단 표사 자리 하나 얻기는 쉬울 테니까. 나중 일이야 어떻게 되든지 간에."

듣고 보니 괜히 화가 난다.

그 잠깐의 인연이 그래도 의미가 있었던 것일까? 아니면 철륜표국의 행태가 그저 괘씸하고 불쾌한 것일까?

'이것들이 말이야, 내가 이러려고 강시랑 그렇게 박 터지게 싸운 줄 아나…….'

자괴감이 밀려드는 한편으로, 그런 안 좋은 상황에 처했으면 작은 인연이라도 빌미 삼아 자신에게 도움을 청했을 법도 한데 그러지 않은 창천표국이 조금 기특하기도 하다.

"한데, 표사가 되려는 것도 아니라면서 왜 여기서 이러고 계시는 거요?"

"표사가 되려던 건 아닌데…… 쟁자수 정도는 해 볼까 하는 생각이 드는군요."

"허…… 그 행색으로 쟁자수나 하러 왔단 말이오?"

"그렇죠? 이 행색으로 쟁자수나 하기에는 좀 무리겠죠? 이 눈부신 얼굴도 쟁자수와는 어울리지 않고."

'이 사람이 무슨 헛소리를 하는 건가.' 하는 눈빛의 사내를 뒤로 하고 루하는 곧장 쟁천표국으로 돌아왔다. 그리고

옷가지 등을 주섬주섬 챙겨 다시 문을 나서려는데,

"너 어디 가?"

마침 제약실에서 나오던 설란과 마주쳤다.

"그거 인피면구 아냐?"

설란이 루하의 손에 들린 물건들 중 하나를 보며 눈살을 찌푸린다.

"인피면구는 왜?"

"별거 아냐. 그냥 좀 필요한 일이 생겨서."

"인피면구가 필요한 일이라니?"

또 무슨 일을 저지르려는 거나 아닌지 걱정부터 하는 설란이다.

"걱정 마셔. 문제 같은 건 일으키지 않을 테니까. 내가 뭐 아직 열일곱 철부지도 아니고, 그냥 마땅히 해야 할 일을 하러 가는 것뿐이야."

그렇게 말하며 손을 휘휘 내젓고는 길을 서두른다. 하지만 그런 루하에게서 좀처럼 눈을 떼지 못하는 설란이다.

'마땅히 해야 할 일을 하러 가는 건데…… 근데 왜 그렇게 신나 있는 건데?'

* * *

"어이, 거기 신입! 바빠 죽겠는데 뭘 멍 때리고 있어? 서둘러!"

"하아아암. 예, 예."

쟁두 왕정이 재촉하자 루하가 아직 가시지 않는 졸음에 길게 하품을 하며 대답했다.

출행일이 갑작스럽게 사흘이나 앞당겨졌다. 아마도 철륜 표국의 방해에 대비해서 급하게 날짜를 앞당긴 모양인데, 그 바람에 난데없이 새벽부터 하역 작업이 시작되었다.

짐수레만 해도 무려 스물두 대다. 그에 반해 쟁자수는 고작 여덟 명이 전부.

이번 표행이 얼마나 위험천만한 것인지 이미 소문이 파다하게 퍼져서 쟁자수조차 구하기가 힘들었던 것이다.

졸음은 밀려들고 표물은 옮겨도 옮겨도 끝이 보이질 않는다.

"이럴 줄 알았으면 그냥 표사 시험이나 볼 걸 그랬네."

"표사는 뭐 아무나 되는 줄 아는가? 시험 본다고 다 붙게?"

옆에서 쟁자수 엽청이 피식 웃으며 핀잔을 준다.

"이거 왜 이러세요? 이래 봬도 내가 마음만 먹으면 표사가 아니라 표두도 할 수 있는 사람입니다."

"그런 대단한 분께서 여기서 왜 이러고 계실까?"

"다 뜻한 바가 있어서 그렇습니다."

그가 굳이 표사가 아니라 쟁자수를 택한 것은, 표국에 있어서 표사라는 존재는 워낙에 귀한 자원이다 보니 들고 나는 자리가 크고 이래저래 주목을 받을 수밖에 없는 터라 쟁자수 쪽이 그만큼 운신하기가 편해서였다.

"그러는 엽씨 아저씨는 왜 이번 표행에 참가하신 겁니까? 다들 빠질 핑계 대기 바빴다 하던데?"

"출행비를 두 배나 준다잖은가?"

"그래 봤자 몇 푼이나 된다고…… 은자 몇 냥에 목숨을 걸어요?"

"그것도 그거지만 그동안 받은 게 있으니까."

"받은 거요?"

"몇 달 전 표행 중에 수레가 미끄러져서 정강이뼈가 부러진 적이 있었지. 사실 내 실수로 그렇게 된 거고 또 그 때문에 표행이 꽤 지체되기도 했는데…… 여기 국주님은 싫은 내색 한 번 하지 않고 직접 내 상처를 돌봐주셨네. 어디 그뿐인가. 표행을 마치고 돌아와서도 창천표국의 표행 중에 다친 것이니 책임도 창천표국이 지는 것이 마땅하다시며 출행비에 치료비, 거기다 다시 표행을 할 수 있게 될 때까지의 생계비까지 챙겨 주셨다네."

"그래서 은혜를 갚는 거다?"

"자네도 쟁자수 밥 좀 먹었다니까 알겠지만 어디 우리 같은 쟁자수를 사람 취급하는 표국이 있다던가. 그런데도 민폐를 끼친 나를 그렇게까지 살뜰히 챙겨 주셨는데, 사람이 의리가 있지 사정이 좀 안 좋다고 어찌 모른 척하겠는가?"

홍우겸의 사람됨이야 그날의 짧은 만남으로도 어느 정도는 알고 있는 바였다. 그리고 이곳 창천표국의 분위기 역시 다른 표국과는 달리 표사들과 쟁자수들 간에 비교적 격의가 없었다.

루하가 사정 안 좋다는 소리에 이렇게 인피면구까지 쓰고 쟁자수 노릇이나 하고 있는 것도 그날 보았던 그 모습들이 호감으로 남아 있어서가 아니겠는가.

물론 그 좋은 분위기에도 불구하고 대부분의 쟁자수는 다 떠나서 이렇게 몇 안 되는 쟁자수들이 개고생을 하고 있는 거지만.

'이럴 게 아니라 그냥 격공섭물로 한 방에 다 옮겨 버릴까?'

마음이야 굴뚝같지만 그랬다가는 기껏 쓰고 있는 인피면구가 의미가 없어진다.

'하긴, 이러니저러니 해도 이렇게 하역 일이라도 하는 게 집에서 할 일 없이 빈둥거리는 것보다야 낫지.'

사실 그것이 그가 여기서 이러고 있는 가장 큰 이유이기
도 하다.

그런데 그때였다.

"다들 수고들이 많으시군."

굵은 목소리 하나가 어둠 속에서 들린다 싶더니, 곧 안쪽
에서 문이 열리며 일단의 사내들이 우르르 몰려나와 대뜸
표물부터 들어 쟁자수들을 돕는다.

창천표국의 표사들이다.

이 역시 다른 표국에선 상상도 할 수 없는 일이지만, 하
역 일을 돕는 표사들의 모습이나 그런 그들과 스스럼없이
농담을 주고받는 쟁자수들의 모습은 이런 상황들이 익숙한
듯 자연스러웠다.

'역시 분위기가 좋아.'

좋은 표국이다. 쟁자수 시절의 그라면 그야말로 꿈의 직
장이라 생각했을 것이다.

창천표국에 대한 호감이 상승하는 한편으로 이런 좋은
표국을 상대로 모략이나 꾸미는 철륜표국이 더 괘씸해진
다.

'일단 사실 확인부터 한 다음의 얘기지만……'

소문이 사실임이 밝혀지면 그땐 줄초상을 낼 작심으로
살의를 담는 루하의 눈에 불현듯 이채가 떠올랐다.

낯익은 얼굴 하나를 본 때문이었다.

'저 꼬맹이 녀석이······.'

뒤늦게 하역장으로 모습을 드러낸 것은 소국주 홍연이었
다.

"소국주님까지 나오실 필요는 없으신데······."

"왜요? 쟁자수 일은 제가 하 표사님보다 잘할걸요? 제가
쟁자수 일부터 배운 거 잊으셨어요?"

그렇게 말하며 짐을 싣는 것이 확실히 표사들보다 능숙
하다.

'저 녀석은 또 언제 저렇게 큰 거야?'

무진도 그렇고 홍연도 그렇고, 어떻게 된 게 그가 아는
꼬맹이들은 죄다 저렇게 덩치가 되어 있는지 모르겠다.

'수염은 또 왜 저렇게 기른 거야?'

그 앳되었던 얼굴을 산도적 같은 수염으로 다 덮고 있다.

'역변도 정도껏이지······ 어떻게 봐도 저건 그냥 형이잖
아?'

저래서는 인피면구가 없다고 해도 선뜻 말 걸기가 부담
스러울 것 같다. 아니, 말 놓기가 부담스럽다.

그래서 모른 척하며 급히 등을 돌리려는데,

"어이, 거기."

하필이면 홍연이 그를 불러 세운다.

움찔하며 서 있는 그에게 터벅터벅 걸어와서는 살피듯 루하의 위아래를 훑는다.

"처음 보는 얼굴인데……."

홍연의 물음에 쟁두 왕정이 급히 달려와서 대답한다.

"아, 이번에 새로 들어온 쟁자수입니다요."

"그래? 신원은 확실한가?"

"그러믄입죠. 여부가 있겠습니까. 장가 놈의 조카니 그런 걱정은 안 하셔도 됩니다요."

철륜표국에서 또 무슨 농간을 부릴 줄 모르는 일이라 이번 표행에는 쟁자수의 신원도 각별히 살피라는 지시가 있었다. 물론 그래 봤자 돈 몇 푼이면 확실한 신원 만드는 거야 일도 아니지만 말이다.

그걸 아는지, 아니면 아무리 감추려고 해도 감출 수가 없는 범상치 않음을 느낀 때문인지 왕정의 말에도 의심의 눈빛을 지우지 않는 홍연이다.

"이름이 뭔가?"

"장칠……입니다."

"나이는?"

"스물둘입니다."

"스물둘이라고? 그 얼굴에?"

황당하다는 듯 헛웃음까지 터트리는 홍연이다.

그도 그럴 것이, 루하가 쓴 인피면구는 어떻게 봐도 서른을 훌쩍 넘어 보였기 때문이다.

그저 인피면구 탓일 뿐인데도 홍연에게 그 말을 들으니 심히 어이가 없다.

"지는……."

저도 모르게 툭 튀어나온 말이 홍연의 귀에도 닿았나 보다.

"뭐?"

"아닙니다."

"아니긴 뭐가 아냐? 내가 똑똑히 들었는데! 지금 '지는.'이라고 했잖아. '지는'이라고!"

이쯤 되면 발뺌해 봤자 소용이 없다. 그래서 까놓고 말했다.

"솔직히 그 얼굴에 십 대라는 게 더 놀랄 일 아닙니까?"

"뭐?"

황당해하는 홍연을 대신해서 왕정이 버럭 소리를 질렀다.

"야! 신입! 자네 지금 소국주님한테 그게 무슨 말버릇이야!"

물론 그 정도에 기가 꺾일 루하가 아니다.

"뭐, 내가 틀린 말 한 것도 아니잖습니까. 저게 어떻

마땅히 해야 할 일 259

게 십 대냔 말입니다. 애가 십 대라 해도 믿을 판인데……

읍…….”

결국 듣다 못한 왕정이 루하의 입을 급히 틀어막으며 홍연의 눈치를 살핀다.

“하하…… 이 사람이 아직 잠이 덜 깼나 봅니다요. 하하…… 자넨 어서 가서 일이나 하게, 일이나. 일손이 바쁘다고.”

급하게 얼버무리며 이 물색없는 신입을 홍연의 눈앞에서 치워 보지만, 황당함 속에 깃든 분노와 감출 수 없는 좌절이 털털거리며 떠나는 루하의 등에 박혀서 떨어질 줄 모른다.

그렇잖아도 자신의 노안에 열등감이 있는 홍연이다.

매일같이 동경을 통해 들여다보는 얼굴이다. 아무리 자기애가 강하다고 해도 어찌 자신의 얼굴이 노안인 걸 모를까.

더구나 두서너 해 전만 하더라도 이렇지 않았다.

어딜 가도 헌헌장부가 될 거라는 소릴 듣던 나름대로 고운 얼굴이었는데, 그래서 삼절표랑의 세 가지 절기 중 일절이 절세의 얼굴인 것처럼 자신도 그런 식의 별호를 얻을 수 있지 않을까 부푼 꿈을 꾸었던 적도 있었는데, 이 산도적 같은 수염이 나기 시작하면서 다 망했다.

여인네들처럼 얼굴에나 신경 쓰는 건 사내대장부가 할 짓이 아니라며 무던히도 스스로를 위로하고 현실을 외면했지만 감성 충만한 사춘기의 좌절과 열등감은 어찌할 수 있는 것이 아니었다.

그걸 알기에 창천표국 내에서는 다들 쉬쉬하며 그의 얼굴에 대해 누구도 입을 열지 않았고 그래서 요즘은 제법 안정도 찾아가고 있었는데, 그 모든 노력들이 무색하게도 일개 신입 쟁자수가 잊고 있던 상처에 소금을 아주 들이부어 버린 것이다.

"저거…… 신원 확인을 할 게 아니라 제정신인지 정신 감정부터 받게 해야 했던 거 아냐?"

홍연이 그렇게 황당해하며 화를 내고 있을 때, 그의 아픈 상처를 들쑤셔 댄 루하 역시 그리 기분이 좋은 것은 아니었다.

'싸가지 없는 자식이 어따 대고 계속 반말지거리야.'

표사가, 하물며 표국의 소국주가 쟁자수에게 하대를 하는 거야 그리 이상할 것이 없는 일이다. 아무리 창천표국이 다른 표국들보다 표사와 쟁자수 간의 거리가 가깝고 쟁자수에 대한 대우가 좋다고 해도, 표사와 쟁자수 간 신분의 차이마저 없는 건 아니니까.

그래서 표사들이 그에게 하대를 할 때도 대수롭지 않게 넘겼다. 그런데 홍연에게 듣는 반말에는 묘하게 심사가 뒤틀렸다. 거기다 똥 묻은 놈이 겨 묻은 놈 나무란다고, 얼굴 지적질까지 해 대니 어이없고 재수 없어서 정말이지 그 자리에서 바로 인피면구를 벗고 녀석의 머리를 쥐어박고 싶었다.

중간에 왕정이 그렇게라도 말라지 않았더라면 지금 홍연은 노안을 걱정할 게 아니라 머리에 난 주먹만 한 혹을 먼저 걱정해야 했을 것이다.

'시건방진 꼬맹이가 말이지.'

사람은 역시 쉽게 변하지 않는가 보다. 그 버르장머리가 예나 지금이나 어찌 그리 한결같은지 모르겠다.

아무튼 그러는 사이에도 시간은 흘러서 창천표국의 명운을 건 표행 일의 날이 밝았다.

표사 서른둘, 쟁자수 여덟, 수레 스물두 대.

역시 짐수레에 비해 사람이 턱없이 부족하다.

표사를 모집했고 응시한 자가 그 와중에도 오십이 넘었지만 새로 추가된 표사는 고작 두 명뿐이었다. 아무리 사람이 궁하다고 해도 능력도 되지 않는 자를 뽑아 봤자 도움도 안 될뿐더러 만일의 사태가 발생했을 때 괜한 희생만 늘어날 뿐이라며 국주 홍우겸이 사람을 가려 받은 때문이었다.

어쨌거나 그렇게 표물은 과하고 사람은 조촐한 표행은,

"출(出)!"

홍우겸의 일갈 외침과 함께 시작되었다.

표행은 생각했던 것과는 달리 무난히 진행되었다.

첫째 날도, 둘째 날도, 또 셋째 날도 별다른 위험은 없었다.

그렇게 다섯째 날이 지나고 교성(交城) 부근에서 처음 노숙을 하게 되었을 때였다.

야심한 시각, 루하는 잠결에 귀에 익은 소리를 듣고 눈을 떴다.

아직 날이 밝기에는 많이 모자란 시각인데도 멀리서 거친 바람 소리에 떠밀려 들려오는 것은 '회두망월'이니 '한망충소'니 하는 삼재검 초식의 이름이었다.

누구의 것인지는 굳이 보지 않아도 알 수 있다.

'이놈도 참 열심이네.'

홍연이다.

객잔에서 묵을 때도, 노숙을 할 때도 매일 이 시각이면 들려오는 홍연의 기합 소리에 매번 잠을 방해받는다.

물론 그 성실함이야 칭찬받아 마땅하다. 삼재검이라면 직접 가르치기도 했던 만큼 기특한 면도 없잖아 있다. 하지만 홍연은 표행 전에도, 표행을 시작하고도, 그리고 닷새가 지난 지금까지도 줄곧 버르장머리가 없었다.

소국주와 쟁자수라는 신분의 차이가 워낙에 크다 보니 같이 표행 중인데도 얼굴 맞댈 일이 거의 없었지만, 가끔 한 번씩 눈을 마주치거나 할 때면 여지없이 쌍심지를 켜고 눈을 부라려 댄다.

신입 쟁자수에게 당한 노안 지적이 어지간히도 분했던 모양이다.

'내가 뭐 틀린 말 한 것도 아니고, 그 얼굴로 십 대라고 하는 건 언어도단이고 신의 섭리를 거스르는 패역무도한 만행이란 말이지.'

아무튼 상황이 그렇게 흐르다 보니 기대했던 반가운 재회는 물 건너가고 날이 갈수록 짜증만 더하는 루하다. 지금도 홍연의 성실함에 대한 기특함이나 대견함보다 잠을 방해받은 짜증이 더 커서 신경질적으로 머리까지 이불을 뒤집어써 보지만, 오늘 따라 유난히 기합 소리가 우렁차다.

'밤사이 꿈속에서 아리따운 여인과 뜨거운 운우지락이라도 벌인 거야, 뭐야? 왜 이렇게 혈기왕성해?'

아무래도 잠을 더 청하긴 그른 것 같다.

결국 신경질적으로 이불을 박차고는 몸을 일으킨 루하는 생각난 김에 그동안 홍연의 삼재검이 얼마나 좋아졌는지 구경이나 해 보기로 했다.

'검신룡이라고 했던가?'

루하에겐 그저 가소롭기만 한 별호지만 녹림의 거두까지 꺾었다고 하니 새삼 궁금하긴 했다.

그리해 홍연의 기합성을 따라 걸음을 옮겼다.

"백사토신!"

"고월침강!"

"회포옥병!"

"진량가해!"

화려하진 않지만 정갈하고 무게감 있게 검이 허공을 가른다.

호흡은 흐트러짐이 없고 자세는 군더더기가 없다.

'많이 늘긴 많이 늘었네.'

지난날 보았던 어설픈 삼재검이 아니다. 자신의 가르침이 거의 완벽하게 검에 녹아들어 있었다.

'저 정도면 녹림의 거두도 이길 만하네.'

삼재검이라면 삼류 축에도 못 끼는 흔하디흔한 하급 검법이지만 루하에게서 나온 이상 그것은 더 이상 흔하디흔한 하급 검법이 아니다. 단점은 보완되고 장점은 더해진, 어떤 면에서는 일류 검법보다도 더 완벽해진 검법이었다.

그런 삼재검을 저만큼이나 자기 것으로 만들었으니 녹림

밥 좀 먹었다는 어지간한 녹림의 고수들도 홍연의 상대가
되지 못했을 것이다.

'그렇긴 한데……'

"아직 가벼워."

무심결에 던진 말이 홍연의 귀에도 들렸나 보다.

한창 월광을 뿌리던 홍연의 검이 순간 뚝 멈췄다.

검을 멈춘 홍연의 눈이 이내 루하에게 닿고 그 얼굴은 즉
시 불쾌히 일그러진다.

"너 뭐야?"

"뭐라뇨?"

"너 뭔데 내 수련을 훔쳐보고 있는 거냐고!"

"제가 쟁자수인 건 이미 아시니까 넘어가고, 소국주님
수련을 본 건 훔쳐본 게 아니라 자는데 하도 시끄러워서 그
냥 나와 본 겁니다만?"

"그냥 나와 봤다면서 아까 그 말은 뭐야?"

"아까 그 말이라뇨?"

"아직 가볍다고 한 말, 내 검을 보고 한 말 아냐?"

순간 루하는 잠시 망설였다.

어쨌거나 지금은 쟁자수의 신분인데, 감히 소국주의 무
공을 두고 왈가왈부하는 게 너무 주제에 안 맞는 짓 같아서
였다. 하지만 홍연의 '감히 네깟 놈이 내 검을 평가해?' 라

는 시건방진 눈빛을 보니 자존심이 불끈 고개를 치켜든다.

"소국주님의 삼재검을 보고 한 말이긴 합니다."

"뭐?"

"진량가해에서 마음을 검 끝에만 두니까 정작 내딛는 발에 실어야 할 힘이 두 푼 부족해지잖습니까? 내딛는 발에 힘이 약하면 뻗어 내는 검도 가벼워질 수밖에 없고, 뻗어내는 검이 가벼워지면 다음 초식으로의 연환에 미세한 삐걱거림이 발생하기 마련. 그 미세한 삐걱거림이 실전에선 생과 사를 가르는 치명적인 약점이 될 수도 있습니다. 그래서 안타까운 마음에 나온 말입니다."

일개 쟁자수의 입에서 제법 그럴 듯한 지적질이 나올 줄을 미처 생각 못 했던 홍연이 잠시 멍한 표정을 한다. 그러다 뒤늦게 자존심이 상하는지 발끈한다.

"흥! 네깟 놈이 뭘 안다고…… 내가 어떤 분에게서 이 삼재검을 가르침 받았는지 알기나 하고서 감히 함부로 지껄이는 것이냐? 내게 삼재검을 가르쳐주신 분으로 말할 것 같으면 그 위명이 천하를 떨게 하시는……."

하지만 홍연의 말은 거기서 더 이어지지 못했다. 루하가 손을 휘휘 내저으며 그의 말을 끊었기 때문이다.

"무공이란 무릇 누구에게 가르침을 받았느냐가 중요한 게 아니라 그 가르침을 얼마나 자신의 것으로 만드느냐가 더 중요한 법입니다. 아무리 훌륭한 스승이 좋은 가르침을 내린다고 해도 제대로 배워야 훌륭한 스승이고 좋은 가르침인 거지……."

"지금 그 말은 내가 제대로 배우지 않았다는 말이냐?"

"제대로 배우지 않았다는 게 아니라 조금 부족하다는 거지, 내 말은."

"거지, 내 말은? 너 지금 그거 반말이냐?"

"반말이 아니라 답답해서 그럽니다, 답답해서. 아무튼 한가하게 무공 수련이나 하시는 소국주님이랑은 달리 일개 쟁자수인 저는 오늘도 고된 하루를 보내야 하니까 이만 들어가서 못 잔 잠이나 한숨 더 자야겠습니다. 그래서 말인데 기합성 좀 조금만 줄여 주시면 고맙겠군요. 무공 수련도 좋지만 다른 사람들 생각도 좀 합시다. 혼자 사는 세상 아니지 않습니까?"

그렇게 툴툴거리고는 쟁자수들의 막사로 돌아간다.

그런 루하의 모습에 그저 황당한 얼굴을 하고 있는 홍연이다.

"뭐 저딴 게…… 저거 진짜 제대로 된 돌아이잖아?"

너무 황당하고 어이없어서 화도 안 난다. 그런 중에도 지금 이 상황에 어디서 한 번 경험해 본 듯한 묘한 기시감이 든다.

그러고 보면 지난날 그의 우상이자 영웅이며 또한 마음의 스승이기도 한 삼절표랑에게서도 이런 식으로 지적을 받은 적이 있었다. 그때도 눈앞에 고인을 두고도 몰라봤다가 큰 실수를 범하지 않았던가.

'에이, 설마하니 저 돌아이가 이름을 숨긴 고인일 리가…….'

그럴 리 없다 생각하면서도 검을 들어 올리는 홍연이다.

혹시나 하는 생각과 그런 혹시나 하는 생각조차 불쾌하기만 한 마음의 중간에서 다시 삼재검이 펼쳐진다.

소진배검부터 선인지로, 금침암도에서 나탁탐해로 이어지던 삼재검이 열다섯 번째 초식에 이르고,

"진량가해!"

마침내 진량가해가 펼쳐졌다.

홍연은 돌아이 쟁자수가 말했던 그대로 내딛는 발끝에 정확히 두 푼의 힘을 더 실었다. 순간,

쩌엉—

동시에 내뻗은 검 끝에서 지금까지는 들어본 적이 없는 경쾌한 파공음이 터졌다. 그리고 다음 초식인 고수반근의 수도 한층 더 부드럽게 이어진다.

'이거…… 진짜잖아?'

그래도 의심을 지우지 못하고 한 번 더 펼쳐 보았다. 한

번 더, 또 한 번, 또 한 번 더……. 처음에는 의심으로 시작했지만 어느 순간부터는 그 감각을 잃지 않기 위해 필사적으로 거기에 매달렸다. 그리해 십여 차례를 더 반복하고 나서야 멈춘 홍연의 눈은 여지없이 루하가 들어간 막사를 향했다.

그 눈에 들어찬 것은 혼란이다.

"대체 저거…… 뭐지?"

第八章

종장(終章)

그날부터 홍연의 시선은 늘 루하를 좇았다.

그 눈은 의심과 경계였다.

어쩌면 삼재검 하나에만 능통한 자일 수도 있지만 정체를 숨긴 고인일 수도 있다.

만일 정말로 정체를 숨긴 고인이라면? 그런 자가 왜 쟁자수로 위장해 있는 것일까?

창천표국이 처한 상황이 상황이다 보니 선의라고 생각할 수가 없었다.

혹시 철륜표국에서 고용한 첩자가 아닐까, 하는 의심부터 밥이나 식수에 독이라도 타지나 않을까 하는 경계까지,

한순간도 마음을 놓을 수가 없는 것이다.

그러던 중이었다.

표행이 열하루 째 되는 날 태곡현에 이르렀을 때였다.

오시를 넘어 미시로 접어들 무렵의 햇빛이 환한 날의 길목에서 마침 마주오던 행렬과 마주쳤다.

"국주님, 천룡표국입니다."

순간 표국주 홍우겸은 물론이고 표사들까지 놀란 표정을 감추지 못했다.

그도 그럴 것이, 천룡표국이라면 강시가 나타나기 전까지 대륙표국과 더불어 업계를 양분하던 칠성표국이었다. 특히나 홍우겸과 그 표사들이 한때 몸담고 있던 창응표국과는 비록 호북과 호남으로 갈려 있었지만 강 하나를 두고 인접해 있다 보니, 그들이 느끼는 천룡표국의 존재감이나 위상이라는 것은 실로 대단했다.

그런 천룡표국의 표행단을 생각지도 않게 이곳 산서성에서 마주하게 되었으니 그들의 놀람이야 오죽하겠는가. 더 놀라운 것은 천룡표국 표행단의 선두에 있는 인물이었다.

중주일권 이낙천.

무려 천룡표국의 주인이 그 표행단을 이끌고 있었던 것이다.

"길을 물려야겠는데요?"

표사 하나가 조심스럽게 홍우겸에게 말했다.

두 대의 수레가 동시에 지나가기에는 좁은 길이다.

이낙천이 직접 이끄는 것치고는 수레가 여섯 대밖에 안
되는 비교적 규모가 작은 표행단이고, 또한 물려야 할 길
이 천룡표국보다 훨씬 멀지만 그럼에도 두 표국 간의 이름
값 차이는 그 모든 여건들을 무시해 버릴 만큼 컸다.

어느 쪽이 길을 물려야 할지는 너무도 명약관화한 일.

그리해 홍우겸이 지시를 내리려는 그때였다.

이낙천의 옆에 있던 미모의 여인이 이낙천의 귀에 뭔가
를 속삭이자 순간 이낙천이 크게 놀란 눈을 하고는 황급히
말에서 내리려 했다.

하지만 그런 그의 행동은 곧 미모의 여인에게 제지당했
고, 대신 미모의 여인이 말에서 내려 창천표국의 표행단
쪽으로 다가와 포권을 취했다.

"저는 삼원표국의 국주 도하연이라 합니다. 어느 표국
의 분들이신지……?"

산서성에서 표국밥을 먹고 있는 자들 중에 삼원표국의
이름을 들어보지 못한 자는 아무도 없다. 산서성에서 천룡
표국을 마주친 것만으로도 충분히 놀랄 일인데 거기에 생
각지도 않게 삼원표국의 국주까지 등장하자 더 정신이 없

다.

그런 중에도 홍우겸이 급히 말에서 내려 인사를 건넸다.

"창천표국의 국주 홍우겸입니다."

"아, 중양의……."

"예. 아직 신생인데 알고 계시는군요."

"그럼요. 국주님의 명성이야 창응표국에 계실 때부터 익히 들었으니까요. 사실 창응표국 국주와의 관계가 그리 좋지 않다는 소식을 듣고 저희 표국으로 모시려고 기회도 보고 있었는데……."

"이거 급하게 표국을 차릴 게 아니라 조금만 기다려 볼 걸 그랬나 봅니다. 하하하하."

어쨌거나 삼원표국은 산서성 제일의 표국이다. 거기다 도하연같이 눈부시게 아름다운 미녀가 자신을 높이 평가했다고 하니 한층 기분이 좋아져서 호탕하게 웃는 홍우겸이다.

하지만 그 웃음은 금방 공허해졌다. 자신에게 좋은 말을 건네는 와중에도 도하연의 눈길이 자신을 보고 있지 않음을 깨달은 때문이다.

의아해하며 물으려는데,

"잠시만……."

도하연이 먼저 그렇게 양해를 구하고는 그를 지나쳐 홍

우겸의 뒤쪽으로 향한다.

그녀가 향하는 곳은 수레를 끌고 있는 쟁자수들 쪽이었
다. 정확히는 이번에 새로 들어온 신입 쟁자수가 있는 곳
으로 향하고 있었다.

"저와 잠시 얘기 좀 할까요?"

도하연이 신입 쟁자수에게 그렇게 말을 걸자 창천표국
사람들이 누구 할 것 없이 어리둥절한 얼굴을 한다.

"이 사람을 아십니까?"

뒤따라온 홍우겸이 의아해하며 묻는다.

"예. 한때 잠깐 저희 표국에 계셨던 분이시죠. 물론 쟁
자수로."

그렇게 대답하며 슬쩍 신입 쟁자수를 보는 도하연의 입
가에는 어딘지 장난스러운 미소가 걸려 있었다. 그것이 사
람들을 더욱 혼란스럽게 한다.

표국의 국주가 조금 아는 얼굴이라고 해서 일개 쟁자수
에게 먼저 말을 건다는 것이 도무지 상식적이지가 않은 것
이다. 그러니 모두의 시선이 더욱 신입 쟁자수에게 모아진
다.

그렇게 뜻하지 않게 모두의 관심을 한 몸에 받게 된 쟁
자수는 심히 곤란한 표정을 하고 있었다. 그 태도 또한 일

개 쟁자수가 한때 모시던 표국의 국주를 대하는 태도가 아니다. 곤란한 표정 속에는 심지어 조금의 오만함과 약간의 귀찮음마저 있었다.

"어떻게 아셨습니까?"

표행난과 멀찍이 떨어지자 루하가 도하연에게 물었다.

인피면구까지 쓰고 쟁자수 무리에 있는 자신을 어떻게 한 번에 알아봤는지 이해가 안 된다.

"정 국주님이 어떤 모습을 하든 한눈에 알아볼 수 있어요. 저는 늘 국주님을 생각하고 있으니까요."

"예?"

"농담이에요."

"……."

당황해하는 루하의 반응이 재미있다는 듯 짓궂은 눈웃음을 흘린 도하연이 말을 이었다.

"얼마 전 창천표국의 표사 시험이 있던 날 거기에 정 국주님께서 계셨다는 소식을 들었어요. 그리고 그날 행적이 묘연하다는 소식도요."

도하연의 말에 루하가 불쾌한 듯 눈살을 찌푸렸다.

"저를 감시라도 하고 있었던 겁니까?"

"감히 그럴 리가요. 국주님을 감시한 게 아니라 쟁천표국의 동향을 살피던 중에 얻게 된 정보죠. 감히 경쟁이라 말할 수도 없는 처지이나, 쟁천표국이 산서성에 있는 한 저희 표국으로서는 어쩔 수 없이 영향을 받지 않을 수가 없으니까요."

하긴, 이해 못 할 바도 아니다.

그리고 쟁천표국의 동향을 살피는 것은 비단 삼원표국 만이 아닐 것이다. 자칫 쟁천표국과 이권이 상충하는 표물 이라도 맡게 되면, 그리해 루하의 눈 밖에 나기라도 하면 루하의 의지와는 상관없이 그날로 간판을 내려야 할 테니 까. 삼절표랑의 눈 밖에 난 표국에 어느 누가 표물을 맡기 겠는가 말이다.

"정 국주님의 행적이 묘연하다는 소식에 예전 기억 이 바로 떠오르더군요. 예전 저희 표국에 쟁자수로 잠입 하셨던 일 말이에요. 그래서 혹시 또 그때처럼 창천표국 에 위장 잠입을 하신 게 아닐까 생각을 했죠. 그렇다곤 해 도…… 표사 시험장에 나타나셨다길래 당연히 표사로 위 장하셨을 거라 생각했지 이렇게 또 쟁자수로 위장을 하고 계실 줄은 꿈에도 몰랐네요. 그 검……."

도하연의 눈이 루하의 허리춤에 걸려 있는 묵검을 향한 다.

"그 검이 아니었다면 지금까지도 창천표국의 표사들 속

에서만 정 국주님을 찾고 있었을 거예요."

도하연의 말을 듣고서야 모든 정황이 이해가 되는 루하다.

'완벽히 위장을 한 줄 알았더니 이거 완전 허점투성이였네.'

그렇게 자책을 하긴 하지만, 여러 가지 것들이 잘 맞아떨어져서 그렇지 사실 상대가 도하연이 아니었다면 단지그 검 한 자루로 루하의 정체를 파악할 수 있는 자는 세상에 없을 것이었다.

"정 국주님께서 이렇게 위장을 하고 창천표국에 잠입을하신 건 혹시 철륜표국 때문인가요?"

순간, 루하가 흠칫하며 도하연을 본다. 그 같은 반응에도하연이 그럴 줄 알았다는 듯 고개를 끄덕인다.

"역시 그 때문이군요."

"도 국주님도 창천표국과 철륜표국 사이의 일을 아십니까?"

"천룡표국의 이 국주님이 마침 태원으로 표행을 온다기에 이렇게 제가 마중을 나온 것도 실은 철륜표국의 문제를상의하기 위해서예요. 항간에 떠도는 소문, 그러니까 철륜표국이 창천표국의 이권을 노리고 녹림패까지 동원했다는소문의 진위 여부를 파악해서 그 대책을 논의하려 함이었죠. 아무리 표국이 각기 개별적이고 독립적인 장사를 하고 있다지만 그래도 기본적인 상도의마저 저버린 행위를 묵과할 수는 없는 일이니까요."

"그러니까 천룡표국의 힘을 빌려 죄를 묻겠다?"

"죄를 묻겠다는 것은 아니고 도는 넘지 말 것을 권하려 한 거죠. 철륜표국이 원래 있던 곳이 호북인 만큼 천룡표국의 영향력에서 완전히 자유로울 수는 없을 테니까요. 하지만……."

"……?"

"아무래도 제가 나설 일이 아니었던 것 같네요."

도하연이 지그시 루하를 본다.

"정 국주님께서 철륜표국 때문에 이렇게 위장까지 하고 계시니 말이에요. 산서성의 질서를 책임지는 것도 이제 저희 삼원표국이 아니라 쟁천표국의 몫인 것인데……."

눈빛은 지긋하고 입가에 머금은 미소는 씁쓸하다. 그러다 문득 생각났다는 듯 말했다.

"그나저나 철륜표국이 안됐네요. 정 국주님이 직접 나선 만큼 곱게는 끝나지 않을 테니까."

마치 철륜표국이 이미 몰살이라도 당한 것 같은 표정과 말투를 하는 도하연이다.

"제가 그런 인상입니까?"

"그런 인상이 아니라 실제로 그렇게 불리시잖아요."

"그렇게 불리다뇨?"

"그때 천각산 대혈투 이후 사람들이 정 국주님을 어떻게 부르는지 못 들어보셨나요?"

"뭐, 무황이니 무신이니 그렇게 부른다는 건 알고 있습니다."

"물론 그렇게도 부르긴 하죠. 하지만 이렇게도 부르죠. 사신(死神) 살황(殺皇)."

"……."

"그날 그 많은 사람들 앞에서 정 국주님이 행한 것은 가히 천벌이라 하기에도 과함이 없는 것이었으니까요."

자연경으로 혼천마교도들을 태워 죽이는 것을 직접 목격했던 무림인들에게 그것은 악에 대한 단순한 징벌이 아니라 그야말로 하늘이 내리는 천벌이었다.

지금 루하는 그런 존재였다.

비할 바 없는 흠모와 동경인 동시에 감히 범접할 수 없는 공포.

그런 루하가 철륜표국을 목표로 삼았다면 그 철륜표국의 명운이야 뻔한 일 아니겠는가.

간판을 내리는 정도로 끝이 난다면 천운일 것이다.

어쨌거나 그렇게 잠깐의 만남을 끝내고 도하연과 천룡표국의 표행단은 그 자리를 떠났다. 떠나는 중에도 창천표국 사람들을 놀라게 한 것은 마땅히 길을 양보해야 하는 것은 창천표국인데도 불구하고 명실공히 대륙 최고라 불리는 천룡표국이 먼저 표행단을 뒤로 물려 길을 터준 것이었다.

어디 그뿐이랴.

천룡표국이 길을 양보해 준 것만 해도 황송할 일인데 거기에 국주 이낙천마저 창천표국 표행단이 길을 다 지나도록 말에서 내려 극진히 예를 갖추니 창천표국 표사들은 정말이지 몸 둘 바를 모를 지경이었다.

그런 중에도 그 시선들은 신입 쟁자수를 힐끔거리기에 여념이 없다.

이 모든 말도 안 되는 상황을 만들어 낸 가장 유력한 용의자가 바로 그였기 때문이다.

물론 반신반의다.

의심은 되는데 '설마 그럴 리가' 하는 마음이 더 크다.

표사도 아니고 고작 쟁자수 따위가 정체를 숨긴 고인일 거라고는 도무지 믿을 수가 없는 것이다.

그럼에도 누구 하나 선뜻 확인하려 들지 않는다. 홍우겸조차 신입 쟁자수의 눈치만 살필 뿐 어찌할 바를 몰라 난감해하고 있다.

그냥 쟁자수라면야 상관없지만 만에 하나 정체를 숨긴 고인이라면, 그것도 천룡표국의 국주가 그처럼 극진한 예를 갖춰야 할 정도로 대단한 신분이라면 쟁자수로 신분을 감춘 데는 다 그만한 이유가 있을 것인데 그걸 굳이 들춰 봐야 좋을 것이 없는 것이다.

그렇게 어색한 분위기 속에서 힐끔힐끔 와 닿는 시선들이 불편하기만 한 루하다.

'그러게 내가 그렇게 모른 척 좀 해 달랬는데…….'

도하연에게 신신당부를 했다.

그녀가 말한 대로 그냥 잠깐 아는 쟁자수 정도로 넘어가자고 했다.

한데, 전달이 잘못되었던 건지, 아니면 연기가 그저 서투른 건지 이낙천의 그 경직된 태도는 뭐란 말인가?

'그건 누가 봐도 암행 나온 황제를 대하는 태도잖아.'

덕분에 위장이 말짱 도루묵이 되어 버렸다.

어차피 나쁜 의도로 이 짓을 하고 있는 것도 아니고, 차라리 대놓고 물으면 확 까발리기라도 할 텐데 그 와중에도 반신반의하며 그의 눈치만 살피고 있으니 더 불편하고 답답하다.

그래도 개중에는 딱 한 명 아주 노골적으로 의심의 눈빛을 던져오는 자가 있다. 다른 이들처럼 힐끔힐끔거리지도 않는다. 아주 뚫어져라 쳐다본다.

홍연이다.

'설마⋯⋯.'

다른 이들처럼 '설마 그럴 리가.'가 아니다.

'설마 그분일 리가⋯⋯.'

지난 밤 삼재검의 가르침과 맞물려 지금 그가 떠올리고 있는 인물은 그가 가장 존경해마지 않는 루하였다.

하지만,

'그분일 리가 없는데⋯⋯.'

천하제일인이자 무림의 황제.

무림 가장 높은 자리에서 천하만인을 아우르고 있는 절대자가 뭐하러 이 작은 표국에서 쟁자수 따위나 하고 있단 말인가?

안타깝게도 홍연에겐 도하연과 같은 눈썰미가 없었다.

의심만 할 뿐 그에게서 그가 가장 동경하는 자의 흔적은 찾지 못했다.

하지만 그는 다른 이들과는 달리 마음속 의혹을 어떻게 풀어야 하는지는 분명히 알고 있었다.

"혹시 신분을 숨긴 고인이십니까?"

무려 두 시진의 망설임이 있었지만 그렇게 물었다.

루하가 별로 당황한 기색 없이 홍연을 보자 홍연이 다시 물었다.

"무슨 이유로 신분을 감추고 저희 표국에 오신 겁니까? 혹시…… 삼절표랑 정 대협이 아니십니까?"

결국 루하의 이름까지 조심스럽게 내뱉으며 뜨거운 눈으로 루하를 본다.

그 뜨거운 눈은 기대와 설렘으로 반짝거린다.

루하가 피식 실소를 흘리며 반문했다.

"왠지 내가 삼절표랑이기를 바라는 것 같은데…… 오히려 내가 삼절표랑이면 그리 좋아할 상황은 아니지 않나? 감히 무황이자 사신한테 찍찍 반말지거리에 겁도 없이 노안이라고 하질 않나, 제대로 된 돌아이라고도 했지 아마?"

루하의 말에 홍연의 눈빛이 달라졌다. 기대와 설렘이 지나간 자리에는 반가움과 감격이 들어찬다.

이제야 느끼는 거지만, 목소리는 달랐지만 저 말투 귀에 익다. 얼굴도 다르지만 저 표정과 짓궂게 말려 올라가는 특유의 오만한 웃음도 눈에 익다.

얼마나 보고 싶던 사람이던가.

전날 그렇게 헤어진 후로 줄곧 루하와 재회할 날만을 꿈꾸며 검을 휘둘렀다.

처음으로 검신룡이란 별호를 얻었을 때 가장 먼저 달려

가 자랑을 하고 싶었던 것도 루하였다.

하지만 그러기에는 루하는 너무 먼 존재였다.

닿을 수도 없이, 아니, 감히 쳐다볼 수도 없을 만큼 너무도 높은 존재여서 창천표국이란 이름 같은 건, 홍연이란 이름 같은 건, 잠시 잠깐 스쳐 지났던 그 짧았던 인연 같은 건 이미 까마득히 잊어버렸을 거라 생각했다.

그런데 아니었던 것이다.

창천표국도, 그의 이름도, 그 짧은 인연도 모두 기억하고 있었던 것이다.

벅차오르는 감격에 눈시울마저 그렁그렁해지는 홍연을 보며 루하가 손사래를 쳤다.

"징그러우니까 껴안거나 하진……."

루하의 말이 채 끝나기도 전에 와락 루하를 껴안는 홍연이다.

"그러니까 징그럽다니까! 그리고……."

들러붙는 홍연을 떼어낸 루하가 문득 어딘가로 눈을 돌린다.

"지금은 회포나 풀고 있을 만큼 한가한 때가 아니라고."

그 말이 끝나고 얼마 지나지 않아서였다.

"네 이놈들! 감히 누구 허락을 받고 이 길을 지나는 것이냐!"

한 무리의 도적 떼가 달려와 표행단 앞을 막아서는 것이었다.

홍우겸을 비롯한 창천표국의 표사들은 그들의 앞을 가로막고 선 도적들을 보며 얼굴부터 구겼다. 그건 단지 표행에 갑작스러운 문제가 생겼다는 것에서 오는 당혹감이 아니었다. 당혹감과는 조금 다른, 당면한 현실에 대한 짜증과 분노였다.

그도 그럴 것이,

"구왕채……."

지금 그들의 앞을 막아선 도적들과는 이게 초면이 아니었던 것이다.

지난번 표행 때도 만났다. 이곳과는 위치상으로 완전히 동떨어진 남향의 어느 길목에서.

결코 이곳에 있어서는 안 되는 자들이 한 계절이 지나기도 전에 다시 그들의 앞에 나타났다. 이게 무엇을 뜻하는 것인지 모르는 사람은 아무도 없었다.

"개자식들이!"

반사적으로 욕설이 터져 나온다.

도적들을 향한 것이 아니다. 그 뒤에서 이런 농간을 부리고 있는 자들을 향한 것이다. 구왕채가 그들 앞에 다시

나타났다는 것은 항간에 떠도는 소문과 의심이 사실임을 증명하는 것이나 같으니까.

"어라? 이거 저번에 그놈들 아냐? 이거이거 우연도 이런 우연이 있나. 어떻게 태곡으로 옮기자마자 이렇게 또 딱 만나게 된 건지……. 좋아! 아무래도 우리가 보통 인연은 아닌 것 같은데, 그 인연을 생각해서 표물만 놓고 가면 내 이번에는 크게 인심을 써서 네놈들을 무사히 돌려보내 주도록 하지."

구왕채의 두령 이막수가 선심 쓰듯 그렇게 말하며 음충스러운 웃음을 흘린다.

"닥쳐라! 우연은 무슨 우연이란 말이냐! 네놈들이 철륜표국의 사주를 받고 이러는 것임을 내 모를 줄 아느냐!"

발끈하며 버럭 소리를 지른 것은 홍연이었다.

이막수가 불쾌한 듯 미간을 찌푸리며 홍연을 본다.

"누구지?"

철륜표국과 한바탕 혈투가 있은 이후였기에 지난번 표행 때는 표국을 지켰던 홍연이다. 그래서 이막수에겐 초면이었다.

이막수의 물음에 홍연이 앞으로 나섰다.

"나는 창천표국의 소국주 홍연이다!"

구왕채의 이막수라면 녹림도에서는 꽤나 이름 있는 고

수였다. 안휘의 팔공산과 비견되는 호북의 형문산에서 도적패의 두령을 했다는 것만으로도 지금껏 홍연이 상대해 보았던 녹림도들과는 차원이 다른 존재라는 뜻이었다. 그런데도 홍연은 전혀 위축되지 않고 당당했다.

"오호. 소국주님씩이나 되는 분답게 기개가 좋군. 한데, 철륜표국이라니? 사주를 받아? 이거 도통 무슨 말인지 못 알아먹겠군."

"발뺌해 봐야 소용없다! 손바닥으로 하늘을 가리려 한들 하늘이 다 가려지겠느냐! 네놈들이 지금 여기에 나타났다는 게 그걸 증명하는 것이 아니고 뭐겠느냔 말이다! 뭘 얼마나 받고 이러는 건지는 모르겠다만, 네놈들이나 철륜표국이나 이런 협잡질을 하고도 무사할 거라 생각했다면 하늘을 너무 우습게 보는 것이다!"

"이거 정말이지 도통 무슨 말을 하는 건지 모르겠는데? 자꾸 알아듣지도 못할 말만 나불대고 말이야."

이막수의 미간에 짜증이 들어차고, 그것은 이내 살의로 바뀐다.

"모든 화가 입에서 나온다는 말도 들어 보지 못했나 보군. 계속해서 개소리를 늘어놓는다면 무사히 돌려보내 주겠다는 내 마음이 바뀔 수도 있다는 걸 명심하는 게 좋을 것이야."

"흥! 목숨이나 구걸할 거였다면 애초에 여기에 있지도 않았을 것이다! 또한 내 목숨이 붙어 있는 한 표물을 네놈들에게 넘기는 일도 결코 없을 것이다!"

"그래? 그럼 네놈 목숨부터 끊어 놓아야겠군."

순간, 이막수의 몸이 뿌연 잔영을 만든다 싶기가 무섭게 이미 살기를 가득 머금은 이막수의 대감도가 홍연의 머리를 쪼개 버릴 듯이 내려쳐 오고 있었다.

충분히 예상했던 일이다.

까앙!

막았다.

"큭!"

막았는데도 워낙에 힘의 차이가 커서 휘청 무릎이 꺾이는 홍연이다. 무릎만이 아니라 검을 든 팔에서부터 전해져 오는 풍압에 기혈이 흔들려 저도 모르게 신음성까지 토하고 만다.

이막수의 살수는 그것으로 그치지 않았다.

커다란 대감도가 홍연의 허리를 양단해 버릴 듯이 덮쳐 들었다.

급급히 검을 세워 막아 보지만,

까앙!

"크흑!"

불가항력적인 힘에 밀려 두 발이 붕 뜬 채로 삼 장 거리를 밀려난다. 그러고도 신형을 가누지 못하고 주르륵 밀려나서는 결국 피까지 토하며 한쪽 무릎을 꺾고 마는 홍연이다. 그런 순간에도 이막수는 한번 품은 살심을 거두지 않고 홍연의 숨통을 끊어 버릴 작정으로 칼을 날렸다.

하지만 이막수의 대삼도는 홍연에게 닿기 전에 막혔다.

캉!

홍연의 앞을 막아선 것은 홍우겸이었다.

"네놈이……."

자신의 칼이 홍우겸에게 막힌 것을 확인한 이막수의 미간이 일그러졌다.

그를 분노케 하는 것은 홍우겸만이 아니었다. 창천표국의 표사들마저 홍연을 보호하듯 둘러싸며 칼을 뽑아 들고 있었다.

그 눈빛들이 결연하다.

분노에 더해 이번만큼은 죽기로 싸우겠다는 각오가 흔들림 없이 굳건하다.

그것이 이막수의 비위를 더욱 상하게 했다.

"네놈들이 정녕 다 죽고 싶은 게로구나."

씹어 뱉듯 토해 내는 한 마디 한 마디에는 진득한 살기가 묻어난다.

홍우겸이 위축되지 않고 그 말을 받았다.

"어차피 죽을 각오쯤은 하고 시작한 표행이오! 더욱이 그대들이 진정 누군가의 사주를 받고 우리의 앞을 막은 것이라면, 그따위 농간에 무릎 꿇을 수는 없소! 목숨보다 높은 자존심은 무림인들의 전유물만은 아니니까. 우리에게도! 때로 표사에게도 목숨을 던져서라도 자존심을 지켜야 하는 순간이 있는 법이오!"

"그러니까 지금이 그 순간이다? 좋군! 좋아! 그럼 목숨보다 높은 표사의 자존심이라는 게 얼마나 단단한지 내 직접 한번 확인해 보지."

말이 끝나기도 전에 이미 이막수는 홍우겸을 향해 칼을 날리고 있었다. 이막수뿐만 아니라 그의 수하들까지 기다렸다는 듯이 창천표국 표사들을 향해 덮쳐들었다.

구왕채와 창천표국의 표행단은 기세에서부터 실력의 차가 여실히 드러나고 있었다.

죽기로 각오는 했다지만 표사들의 얼굴에는 이길 수 없다는 절망감이 고스란히 묻어나고 있었다. 구왕채의 이름은 창천표국의 표사들에겐 그런 무게였다.

그런데, 그렇게 모두가 죽음을 떠올리며 혹은 누군가를 향한 분노로, 혹은 자포자기하는 심정으로 구왕채 도적들을 맞서려는 그때였다.

"큭!"

"헉! 뭐, 뭐야?"

표사들을 향해 달려들던 구왕채 도적들이 돌연 무언가 보이지 않는 벽에라도 부딪친 것처럼 달려들던 기세 그대로 튕겨져 날아가는 것이 아닌가?

그건 이막수라고 다르지 않았다. 무시무시한 기세로 날린 대감도가 도중에 막혀 버린 것은 물론이거니와 항거할 수 없는 거력에 밀려 내상마저 입었다.

그 난데없고도 괴이한 상황에 구왕채고 창천표국이고 할 것 없이 모두가 어리둥절하고 있을 때, 그들 사이로 터벅터벅 걸어 나오는 자가 있었다.

루하였다.

구왕채 도적들은 그저 낯설기만 한 사내의 등장에 어리둥절해하고 있었고, 창천표국의 표사들은 나서면 안 되는 자리에 나선 신입 쟁자수의 행동에 더러는 의아해했고 더러는 당혹감을 드러냈다.

그러거나 말거나 그 흉흉한 분위기 속을 마치 산보하듯 터벅터벅 걸어나온 루하가 이막수 앞에 섰다.

약간의 짜증과 또 약간의 귀찮음이 묻어나는 눈빛이 이막수를 향하자, 순간 이막수는 심장이 쿵 내려앉는 듯한 느낌에 본능적으로 주춤 걸음을 물렸다.

엄습하는 공포, 그저 무심히 내려다보는 눈길에도 심장
이 오그라들고 온몸의 털이 곤두선다.

"누구……."

그런 중에도 고개를 치켜드는 의문에 절로 입이 열리지
만, 그 말은 루하가 던진 질문에 막혔다.

"딱 하나만 묻지. 네놈들이 철륜표국의 사주를 받았다
는 거, 사실이야?"

"……."

루하는 기다렸고 이막수는 망설였다. 그 망설임의 사이
로,

"이 새끼가 감히 누구한테!"

어딜 가든 이런 놈 하나 꼭 있다는 듯이 물색 모르는 수
하 하나가 루하에게 달려든다. 루하의 눈에 귀찮음이 조금
더 짙어진다 싶은 순간,

우두둑우두둑—

달려들던 수하의 사지가 꺾여서는 안 되는 방향으로 제
멋대로 꺾여 버린다.

"끄아아아아!"

터져 나오는 비명, 그 비명조차도 짧았다. 그의 목마저
꺾여서는 안 되는 방향으로 꺾여 버린 것이었다.

끔찍했다.

숱한 생사의 기로를 넘나들며 죽음의 공포에 대해 무뎌질 대로 무뎌진 이막수조차 겁에 질릴 만큼. 그렇게 겁에 질린 얼굴을 하고 있는 이막수를 향해 루하가 재차 물었다.

"한 번 더 묻지. 철륜표국의 사주를 받은 게 맞나?"

"……."

그럼에도 이막수의 입은 열리지 않았다.

그러나 지금의 침묵은 망설임이 아니었다.

사실을 말하는 순간 자신도 방금 전 수하처럼 될지도 모른다는 지독한 공포가 그의 말문을 막아 버린 것이었다.

루하가 조금 더 짙은 짜증을 드러내며 다시 물으려는데,

"그자에게 묻는 것보다 이자에게 묻는 게 더 빠를 것 같은데?"

불쑥 끼어드는 목소리가 있었다.

루하의 미간이 급격히 찌푸려짐과 동시에 그곳으로 이남이녀가 나타났다.

순간, 창천표국의 표사들 속에서 놀람성이 터졌다.

"북해빙궁주다!"

"쟁천이신장도 있어!"

"저분은 무림일화 예 소저잖아?"

그랬다. 지금 루하 앞에 나타난 자들은 설란과 연화, 그리고 자성과 교극천이었다.

정확히는 그들의 손에 루하의 앞으로 내던져진 염소수염 사내 하나까지 해서 모두 다섯.

그들의 출연에 모두가 경악했다. 당금 무림 최고의 거인들이 한꺼번에 그들의 눈앞에 현신했는데 어찌 경악하지 않을 수 있겠는가. 그런 중에도 그보다 더 큰 의문이 사람들을 집어삼켰다.

당금 무림 최고의 거인들과 마주하고 있는 저 사내는 그럼 대체 누구란 말인가?

그렇게 설마설마하는, 그러면서도 어떤 기대를 담은 시선들이 일제히 루하에게로 향하고 있을 때, 루하가 설란에게 물었다.

"어떻게 된 거야?"

"그건 내가 묻고 싶은 말이거든? 여기서 뭐하고 있니? 마땅히 해야 할 일을 하러 간다더니……."

"그야 마땅히 해야 할 일을 하고 있지."

"이게?"

"표국이 도적들과 손잡고 다른 표국을 짓밟는다는 건 너무 막장이잖아. 명색이 내가 그래도 이 바닥에서 주인 행세깨나 하는 사람인데, 내 집 앞마당이 쓰레기로 더럽혀지는 걸 두고 볼 수만은 없잖아. 그보다 진짜 여긴 어떻게 온 거야?"

"저 사람들 등쌀에 가만히 있을 수가 있어야지."

설화가 한숨을 푹 내쉬고는 교극천과 연화를 본다.

루하가 멀리 떨어지자 귀소본능이 또 발작을 한 모양이었다. 거기에 자성은 엉겁결에 끼어든 것이고.

그러고 보면 연화는 두 달 만에 얼굴을 본다.

치료가 상당히 진척이 되고 있는 모양인지 얼굴에 가득했던 핏빛 실금들이 상당히 엷어져 있었다.

"그나저나…… 이자는 뭐야?"

루하가 자신의 앞에 내동댕이쳐져 있는 염소수염 사내를 턱짓으로 가리키며 묻자 설란이 대답했다.

"염탐꾼."

"염탐꾼? 아! 이 모든 막장극의 원흉이 심어 놓은 눈이로군."

루하가 고개를 끄덕인다. 그리고 살벌한 눈빛으로 공포에 질려 연신 불안한 눈알을 굴리기 바쁜 염소수염의 사내를 보며 음충맞은 웃음을 흘린다.

"흐흐. 그렇군. 저자를 족치는 것보다는 이자를 족치는 게 확실히 빠르겠네."

*   *   *

철륜표국의 국주 곡양기(谷讓己)는 연신 자신의 집무실 안을 왔다 갔다 서성이며 초조해하고 있었다.

"지금쯤이면 끝이 나도 끝이 났을 텐데 막개 녀석은 왜 연통이 없어?"

성공은 확신하고 있었다.

창천표국의 현 전력으로는 절대로 구왕채를 감당할 수 없다. 그런데도 그가 이렇게 초조해하는 것은 이 일이 절대로 세상에 드러나서는 안 되는 일이기 때문이었다. 그랬다가는 이 바닥에 다시는 발을 붙일 수가 없다. 아니, 지난번 표행에서 사상자까지 생겨난 마당이라 목숨을 부지하는 것조차 장담할 수 없는 일이었다. 그가 구왕채와 모의한 일은 그만큼 큰 죄였다.

허나, 어쩔 수 없었다.

강시의 출몰과 삼절표랑, 그리고 혼천마교와 강시의 소멸이라는 대격변의 시대를 지나면서 표국 업계는 그야말로 지각변동을 일으켰다.

기존의 질서가 무너지고 새로운 질서가 생겨났다.

그리고 그건 호북의 패권을 천룡표국에게 뺏기고 그저 그런 표국으로 전락한 철륜표국에겐 다시 최고의 자리에 오를 수 있는 기회였다.

그리해 기회의 땅 산서로 옮겼다.

넘볼 수 없는 최강의 표국이었던 대륙표국과 천룡표국의 이름마저 그저 도토리 키 재기로 만들어 버리는 삼절표랑과 쟁천표국이라는 거대한 이름 아래 평등하게 경쟁할 수 있는 곳, 그저 삼절표랑이 그곳에 있다는 이유 하나만으로 세상의 문물이 몰려드는 곳. 그곳이라면, 그곳을 먹는다면 철륜표국을 능히 천하제이의 표국으로 만들 수도 있지 않겠는가.

더구나 삼성표국 하나 없는 곳이다.

호랑이 없는 산인데 여우가 왕 노릇 못 할 게 뭐가 있겠는가.

그러나 꾸었던 부푼 꿈은 너무도 어처구니없게도 고작 일성표국 앞에 막혀 버렸다.

창천표국이라고 했다.

오성표국 출신이기는 하나 고작 표두 자리에 있던 자가 세운 신생 표국이라고도 했다.

그런데도 중앙에서만큼은 철륜표국이 끼어들 자리가 없었다.

중앙에서 창천표국의 입지는 그가 생각했던 것보다 훨씬 컸고, 호북을 떠난 철륜표국의 이름값은 너무나 별 볼일 없었던 것이다.

굴욕적이었다.

고작 일성표국에 밀리려고 호북을 떠나 이 먼 땅에 온 것은 아니지 않는가.

굴욕감은 분노가 되고 그 분노가 결국 해서는 안 될 짓을 하게 만들었다.

후회는 없다.

양심에 걸리지 않는 건 아니지만 최고의 자리에 오르는 날, 그 지극한 성취감과 한 말의 술은 지금 이 거리껴지는 양심을 말끔히 씻어낼 것이다.

"한데 왜 이렇게 소식이 늦느냔 말이야!"

조급함은 이내 짜증이 되어 터져 나온다.

그때였다.

갑자기 밖이 소란스러워지는가 싶더니 표사 하나가 다급히 집무실 문을 박차고 들어왔다.

"구, 국주님! 크, 큰일이 났습니다!"

"큰일이라니? 무슨……."

하지만 그의 질문이 채 끝나기도 전에,

콰콰콰쾅!

천지를 뒤흔드는 굉음이 터져 나왔다. 곡양기는 수하의 말을 듣고 있을 여유조차 없이 집무실 밖으로 튀어나갔다. 그런 그의 시야로 무너진 전각 담과 그 뒤에 널브러져 비명을 토해 대고 있는 철륜표국의 표사들이 보였다. 그리고 그 어질러진 정경 사이로 성큼성큼 걸어 들어오고 있는 일단의 무리가 보였다.

"창천표국……."

창천표국의 표사들이다. 표국주 홍우겸도 있었고 그의 아들 홍연도 있었다.

일이 잘못되었다는 것을 깨닫기에는 충분한 면면들이다.

하지만 절망에 빠질 틈도 없이 그의 시야를 사로잡는 인물들이 있었다.

존재감만으로 주위를 압도하는 두 명의 사내와 필설로 형언할 수 없을 정도로 아름다운 두 명의 여인.

그들 앞에 한 사내가 있었다.

특별날 것이 없어 보이는 사내였다.

느껴지는 기운도 평범하고 행색도 볼품없다.

그런데도 그 사내가 자신의 앞에 서는 순간 곡양기는 저도 모르게 다리에 힘이 풀려 엉덩방아를 찧고 말았다.

그런 와중에도 불쑥 치밀어 오르는 궁금증에 입을 열어 물었다.

"누, 누구시오?"

곡양기의 물음에 사내가 히죽 입꼬리를 말아 올렸다.

"나? 나로 말할 것 같으면 표물에 대한 주인 의식이 투

철한, 참 모범적인 쟁자수지. 최고이며 최강이며 맡은 바 표물에 대해 언제나 최선을 다하는 일명 천하제일 쟁자수! 그러니까 넌 이제 죽었다고 복창하면 돼!"

〈完〉